Diogenes Taschenbuch 24665

AF177602

MARIANNE PHILIPS, geboren 1886 in Amsterdam, war Politikerin, Schriftstellerin und Mutter von drei Kindern. Für die Sozialdemokratische Arbeiterpartei wurde sie 1919 als eine der ersten Frauen zum Ratsmitglied der Niederlande gewählt. Sie schrieb fünf Romane und einige Novellen. Ab 1940 war ihr das Publizieren als Jüdin untersagt. Sie überlebte den Krieg, war aber krankheitshalber bis zu ihrem Lebensende (1951) ans Bett gefesselt.

Marianne Philips

Die Beichte einer Nacht

ROMAN

Aus dem Niederländischen von
Eva Schweikart

Mit einem Nachwort von
Judith Belinfante

Diogenes

Der Übersetzung liegt die 2019 bei Uitgeverij Cossee bv,
Amsterdam, unter dem Titel ›De biecht‹
erschienene Ausgabe zugrunde, die Originalausgabe
ist 1930 bei Uitgeverij Van Dishoeck, Bussum, erschienen
Copyright © 1930, 2019 Die Erben von Marianne Philips
und Uitgeverij Cossee bv, Amsterdam
Copyright © Nachwort Judith Belinfante und
Uitgeverij Cossee bv, Amsterdam
Die deutsche Erstausgabe erschien 2021 im Diogenes Verlag
Covermotiv: Gemälde von Emilian Lăzărescu,
›Cochetărie (Coquetry)‹, 1925
Die Übersetzung dieses Buches wurde von der
Niederländischen Stiftung für Literatur gefördert

N ederlands
letterenfonds
dutch foundation
for literature

Die Übersetzerin dankt dem Land Niedersachsen
für die großzügige Förderung ihrer Arbeit
durch ein Stipendium des Niedersächsischen Ministeriums
für Wissenschaft und Kultur

Veröffentlicht als Diogenes Taschenbuch, 2023
Alle deutschen Rechte vorbehalten
Copyright © 2021
Diogenes Verlag AG Zürich
info@diogenes.ch · www.diogenes.ch
In Fragen zur Produktsicherheit (GPSR):
truepages UG (haftungsbeschränkt)
Westermühlstraße 29, 80469 München
info@truepages.de
ASR/25/852/2
ISBN 978 3 257 24665 0

I

Ich setze mich zu Ihnen, Schwester. Das ist nicht erlaubt, ich weiß. Aber ich mache es trotzdem – ich habe so lange nicht mehr auf einem Stuhl gesessen, an einem Tisch mit einer Lampe darauf.

Verstehen Sie, warum man Verrückte ins Bett steckt, als wären sie krank?

Ja, Sie wissen das natürlich, weil Sie Schwester sind. Ihr lernt bestimmt in Kursen, dass wir keine Verrückten sind, nur Nervenkranke.

Aber das ist Unsinn. Wir sind sehr wohl verrückt. Ich liege jetzt schon sieben Monate hier im Saal, und nur Mevrouw Engberts ist wieder nach Hause gegangen, alle anderen sind in eine Anstalt gebracht worden.

Ja, Schwester, das konnte ich sehen. Wenn ein Auto vorfährt, und ein Patient wird von Schwestern oder Pflegern herausgeführt, beidseits fest untergehakt, dann ist doch klar, dass es nicht nach Hause geht. Nur Mevrouw Engberts ist ganz normal mit ihrem Mann nach Hause spaziert.

Sie haben Mevrouw Engberts nicht gekannt, sie war schon fort, als Sie zu uns kamen. Die Oberschwester hat gesagt, sie wäre bloß ein leichter Fall, ein bisschen überarbeitet. Ich war froh um ihren Anblick, die anderen waren alle so hässlich und unheimlich. Die ersten Wochen lag ich neben ihr, sie hatte solch ein nettes Gesichtchen und zog keine seltsamen Grimassen, nur furchtbar bleich war sie. Sie wollte auch nie reden, sie hat immer nur geschaut.

Ja, sie hatte normale Augen, genau solche wie die Schwestern und Ärzte. Nur reden wollte sie nicht. Das war sicherlich die Krankheit. Jetzt liegt Mevrouw Dieken in ihrem Bett neben mir. Die redet den ganzen Tag.

Furchtbar ist das, Schwester, wenn man neben einer liegt, die redet und sich selber nicht reden hört. Das ist, als müsste man die ganze Zeit zuhören, weil sonst niemand die Worte hört. Und man hört lauter Unsinn, aber trotzdem versucht man, etwas zu verstehen.

Heute Nachmittag bin ich von ihrem Gerede furchtbar müde geworden, es ging die ganze Zeit um einen Brief, den sie gerade schrieb. Sie kriegte ihn nicht zu Ende, suchte in einem fort nach dem letzten Satz. Das macht jeder so, der einen Brief schreibt, weil der letzte Satz genau zu dem passen muss, was schon dasteht, aber irgendwann kommt man doch darauf, wie er heißen muss.

Heute hat Mevrouw Dieken aber ewig lange gesucht. Immer wieder meinte sie, den Brief fertig zu haben, dann zog sie mit dem Finger einen langen Strich über das Bettlaken, aber gleich darauf wischte sie ihn wieder aus, und weiter ging es mit Reden und Schreiben und Buchstabieren.

Es war ein Brief an ihre Mutter, die tot ist. Eigentlich ist es doch komisch, dass eine sechzigjährige Frau an ihre tote Mutter schreibt. Mir ging auf die Nerven, dass sie laut sagte, was sie schrieb, und dass ich einfach nicht weghören konnte.

Von der Teezeit bis zum Abendbrei hat sie geschrieben, immerzu mit dem Finger auf das Bettlaken. Als der Brei kam, hörte sie damit auf, sie hat gerochen, dass er angebrannt war.

Nein, Schwester, ich gehe nicht ins Bett, ich bin überhaupt nicht müde. Lassen Sie mich ein bisschen bei Ihnen sitzen. Es ist so wunderbar, dass alle schlafen und der ganze Saal still ist. Jetzt höre ich nur mich selber, wenn ich rede. Jetzt ist es gerade so, als würde ich in einem Zimmer mit einer Bekannten zusammensitzen, die mir zuhört. Ganz normal an einem Tisch, auf den Licht fällt. Für wen machen Sie den Schal, Schwester? Für sich selber? Nun antworten Sie doch mal.

Warum sagen Sie nichts? Ich gehe sowieso nicht ins Bett – es ist warm heute Nacht, und ich habe ein Flanellnachthemd an. Außerdem sitzt es sich so wunderbar auf einem normalen Stuhl.

Da liegt eine Schere in Ihrem Nähkörbchen. Lustig, das fällt mir jetzt erst auf. Sie glänzt schön, Schwester. Ich habe seit sieben Monaten keine Schere mehr in der Hand gehabt und früher jeden Tag. Ich hatte ein Etui mit vier guten Stahlscheren, lauter verschiedene. Eine Stickschere und eine Knopflochschere und eine gewöhnliche und eine ganz große zum Stoffzuschneiden.

Der Schal wird hübsch, Schwester, der hält Sie schön warm, wenn Sie Nachtwache haben.

Dabei machen Sie ihn bestimmt nicht für sich selber.

Lustig ist das, wie ihr bei den Wachen dauernd für andere Leute strickt und häkelt, wird das nie langweilig?

Ich habe früher auch für andere gestrickt und genäht – ach ja – wenn man aus einer großen Familie kommt … Und später natürlich für Lientje und Hannes – aber das waren keine anderen.

Warum sehen Sie mich jetzt an, Schwester? Liebe Güte! Habe ich doch etwas gesagt – über Hannes?

Geben Sie acht, Schwester! Oma wacht auf, gleich wird sie sich umgedreht haben. Am besten, Sie bringen ihr schnell die Bettpfanne, sonst müssen Sie hinterher saubermachen!

Oh, Schwester, warum schließen Sie die Schere vor mir weg? An die habe ich gar nicht mehr gedacht.

So, das ist erledigt, setzen Sie sich her zur Lampe. Oma schläft schon wieder. Sie hat nicht einmal gemerkt, dass Sie ihr geholfen haben.

Vorige Woche ist es bei ihr das letzte Mal ins Bett gegangen. Und das war so richtig furchtbar. Schwester Dora hatte Dienst, hat sie nicht davon erzählt? Wir haben alle geschlafen, vielleicht war Schwester Dora auch eingenickt, denn Oma lag bereits völlig in ihrem Dreck – und was für ein Dreck, Schwester.

Und dann hat Oma sich aufgesetzt, das habe ich gesehen, weil ich von dem Gestank wach geworden war. Und sie griff da auch noch rein und schmiss alles aufs Bett von Juffrouw Smit neben ihr.

Oma hasst sie, man sollte ja meinen, senile Menschen können nicht mehr so garstig sein, aber wenn Oma nicht zu viel Angst hätte, würde sie Juffrouw Smit glatt umbringen. Das kommt daher, dass Juffrouw Smit sie gängelt. Neulich hat der Arzt gesagt,

Oma dürfe nicht mehr vom Bett aufstehen, man hat ihr die Pantoffeln weggenommen, und darum wollte sie die von Juffrouw Smit anziehen, die daraufhin nach der Schwester gerufen hat. Und da bekam Oma Schelte – ist es nicht verrückt, Schwester, dass senile Menschen wieder genauso weinen wie Säuglinge?

Schwester Dora musste beide baden, mitten in der Nacht. Aber im Saal stank es ganz furchtbar – und alle anderen lachten und schrien.

Schwester, denken Sie nicht auch manchmal, Sie wären in der Hölle? Als man mich hergebracht hat, war ich mir erst ganz sicher, in der Hölle gelandet zu sein. Ich habe die Leute hier, die Frauen, alle für Hexen gehalten.

Haben Sie schon mal von Hexen gelesen, die im Kreis tanzen und mit wehenden Haaren durch die Lüfte fliegen? Bei meiner Großmutter hing so ein Bild, später habe ich gesehen, dass es aus einer Oper war, aber als kleines Kind habe ich mich kaum hinzuschauen getraut.

Juffrouw Smit hat richtige Hexenaugen. Sie guckt, als hätte jemand sie gemein gekniffen und sie müsste nun auch wen kneifen.

An Heiligabend ... aber vielleicht war es auch ein anderer Abend, ich komme mit den Tagen durcheinander.

Es gab Plätzchen zum Tee, und die Schwestern sangen, wissen Sie noch? Wann war das, Schwester?

An dem Abend standen hier auf einmal alle auf ihren Betten, und dann stiegen sie raus. Das hatte ich noch nie erlebt, weil ich erst kurz hier war – dass mal eine aus dem Bett gestiegen ist, das schon, aber nie so viele auf einmal. Oh, Schwester, sie sind so fürchterlich hässlich. Oma hat Krampfadern und Juffrouw Smit einen schwarzen Bart, früher hat sie sich bestimmt rasiert, aber ihr Schwestern macht das natürlich nicht. Und Mevrouw Engberts' Nachthemd war voller Flecken, und Mevrouw Thysselt hinkte und hatte keine Zähne im Mund, weil ihr künstlicher Fuß und ihr Gebiss weggeräumt waren.

Und dann tanzten sie alle miteinander. Ja, weil ihr unten Musik gemacht habt, das war doch wohl Weihnachtsmusik, wahrscheinlich habt ihr für die Ruhigen gesungen. Ich konnte es gut hören, Schwester Eva hatte die Tür aufgemacht, neben der ich lag. Ja, dann tanzten sie alle miteinander, und Oma sprang auf nackten Füßen umher, die sind ganz blau, und Mevrouw Dieken verlor ihr Hemd, sie war so weiß und so dick – wie ein aufgeplatzter Pilz.

Je länger sie tanzten, desto wilder ging es zu, und Juffrouw Smit bekam einen Schreikrampf, deshalb musste Schwester Eva die Tür zumachen, und weg waren die Weihnachtslieder. Trotzdem tanzten alle weiter, sie drehten sich und flogen und wirbelten immer schneller herum – da stand ich plötzlich auf, weil ich glaubte, auch eine Hexe zu sein und mittanzen zu müssen. Aber ich musste ganz furchtbar weinen, weil ich eine Hexe geworden war. Damals war ich mir sicher, in der Hölle zu sein, wegen Lientje.

Sie brauchen mich nicht so anzugucken, Schwester. Ich weiß sehr wohl, was ich gesagt habe. Lientje – ich weiß auch, dass ich ihretwegen in der Hölle bin. Nein, ich bin nicht verrückt – mir ist jetzt klar, dass dies hier nicht die Hölle ist – bis auf die wenigen Male, die ich wieder vergesse, dass ich in einer Nervenklinik in der normalen Welt bin.

Ich bin hier allein in meiner eigenen Hölle.

Nein, Schwester, schauen Sie nicht zur Klingel, ich bekomme keinen Anfall, ich hatte nur einen einzigen – bevor man mich hierhergebracht hat. Lassen Sie mich einfach reden. Ich weiß genau, was ich sage. Ich weiß auch, dass es auf Ihrer Uhr zehn nach halb zwölf ist – Ihr Dienst dauert bis sechs, nicht wahr?

Nein, Schwester, ich gehe nicht ins Bett. Lassen Sie mich einfach dasitzen. Und schauen Sie mal durchs Oberfenster! Der Himmel hinter dem Maschendraht ist blau. Jetzt steht der Mond irgendwo über einer Gracht oder einem Teich, Schwester, und die Nacht ist warm. Draußen sind bestimmt noch Leute unterwegs, zusammen, Arm in Arm, sie gehen langsam an den Häusern entlang bis vor die eigene Tür. Dort lassen sie einander los, und der Mann steckt den Schlüssel ins Schloss.

Seltsam, vorhin, ehe ich aufgestanden bin, um mich zur Lampe zu setzen, habe ich geträumt, ich habe von einem Schlüssel geträumt, der in ein Schloss gesteckt wird, *klick* macht es, und die anderen Schlüssel am Bund klirren – das ist ein so heimeliges Geräusch, Schwester – wenn ein Mann nach Hause kommt und seinen Schlüssel ins Schloss steckt.

Ach so, das kennen Sie natürlich nicht. Tja, schade für Sie.

Das reizt mich zum Lachen. Sie sind eine ordentliche, nette Pflegerin, und ich bin ein schlechter Mensch, weil ich meine eigene Schwester … nein … eine Verrückte, die unter Beobachtung steht, weil ihr Anwalt das für nötig hält. Und dann bedaure *ich Sie*. Kurios ist das.

Wie alt sind Sie?

Nein, das sagen Sie den Patienten natürlich nicht; eigentlich seid ihr viel zu jung, um hier bei uns zu sein. Manchmal denke ich, nur gewöhnliche Menschen, die sehr alt geworden sind, verstehen uns.

Aber Sie haben noch kaum graue Haare, älter als dreißig werden Sie nicht sein. Ich habe mir in dem Alter die ersten grauen Haare ausgerissen, ganz vorsichtig – machen Sie das doch auch, Schwester –, warum sollte man älter aussehen, als man innerlich ist?

Lientje hatte prachtvolles Haar, goldblond, es wellte sich so schön, dass die Wellentäler rotbraun erschienen, aber um die Kopfrundung glänzte es wie Gold.

So schönes, weiches blondes Haar. So voll. Es wehte im Wind, Lientje trug ja nie einen Hut.

Wären auch nur *ein paar* graue Haare in all dem Blond gewesen, Schwester – dann hätte ich es nicht getan …

Hören Sie nur, wie Mevrouw Boenders murmelt – sogar im Schlaf sagt sie Texte auf. Was für eine furchtbare Krankheit ist das bloß, die Mevrouw Boenders hat? Den lieben langen Tag sagt sie Texte auf, einen nach dem anderen, nichts als Texte, die aber nicht zusammenpassen, und trotzdem sehe ich an ihrem Blick, dass sie zufrieden ist, weil die Texte so schön aufeinanderfolgen.

Ich hatte keine Ahnung, dass es so viele Texte gibt – in der Schule brauchte ich nur einen pro Woche zu lernen –, Mevrouw Boenders aber kann gut eine Stunde am Stück Texte hersagen, immer wieder andere, bis sie außer Atem ist. Und am Ende stellt sie sich kerzengerade auf ihr Bett und sagt mit ihrer rauhen Stimme jedes Mal das Gleiche: »Also hat Gott die Welt geliebt, dass er seinen eingeborenen Sohn gab ...« Das sagt sie dann noch viele Male, bis sie einen Anfall bekommt.

Warum hat jeder Text seine eigene Leier, das ist hässlich, Schwester, schon in der Schule fand ich das hässlich. Und auch heute mag ich es nicht hören – neulich wurde ich müde, so müde –, ich schrie Mevrouw Boenders an, dass sie aufhören solle, aber da bekam sie einen Anfall und stürzte sich auf mich. Sie hat ganz magere Arme und knochige Hände, sie kniff mich, bis ich blaue Flecken hatte. Die Schwestern haben ihr dann kalte Umschläge gemacht.

Sie haben Mevrouw Boenders noch nie so erlebt, während der Nachtwachen sind alle ruhiger. Darum will ich jetzt unbedingt aufbleiben, es ist einfach wunderbar, dass einem nichts in den Ohren gellt. Wenn es in einem Zimmer still ist, kann eine Fliege summen oder ein Wasserkessel sirren oder ein Mensch Seiten umblättern, und doch bleibt es still. Ich meine so, dass sich nichts verändert an der Welt.

Sehen Sie, Schwester, jetzt räumen Sie den Schal

weg und nehmen sich die Näharbeit vor – das machen Ihre Hände von allein, und niemand hört, dass sich etwas verändert. So haben wir viele Abende beisammengesessen, in der Stille, ohne dass sich was veränderte – Lientje und ich und Hannes – und Hannes ...

Ja. Als Lientje noch am Tisch ihre Hausaufgaben machte.

Schwester, Sie nähen immer weiter und schauen mich nicht an. Wissen Sie, das ist das Schlimmste hier. Dass ihr nicht zuhört. Wenn wir reden, reden wir gegen die Wand, denn ihr habt euch das Weghören angewöhnt.

Wir sind doch nicht alle so verrückt, dass man uns nicht zuhören kann, oder? Ich weiß schon, manchmal ermüdet einen das Zuhören sehr, aber was ich Ihnen heute erzähle, das können Sie sich doch anhören! Ich möchte gern mit einem anderen Menschen reden, selber höre ich ja meine Stimme und meine Worte, aber heute kann ich es nicht ertragen, dass sie ungehört zu mir zurückkommen, ich möchte gern, dass Sie etwas begreifen, Schwester – gäbe es doch nur jemanden, der begreift ...

Wenn ich beim Arzt im Untersuchungszimmer bin, kann ich nicht sprechen, weil ich ständig seine Hand mit dem Füllhalter sehe, die alles aufschreiben will. Er hat schwarze Haare auf dem Handrücken, und seine viereckigen Fingerspitzen drücken auf den Füllhalter, als wollte er unbedingt schreiben. Aber *ich* kann deswegen nicht sprechen. Die ganzen Monate über habe ich nichts zu dem Arzt sagen können, und trotzdem lässt er mich jede Woche zweimal ins Untersuchungszimmer kommen.

Oh, beim ersten Mal, als die Schwestern mich holten, um mich hinzubringen, war ich furchtbar froh. Eine ganze Woche hatte ich schon in der Hölle gelegen, ich wusste gar nicht mehr, dass ich noch durch diese Tür gehen kann, zu der ihr alle einen Schlüssel in der Tasche habt. Und auf einmal kam Schwester Eva mit Schwester Marie, sie sagten, ich dürfe aufstehen, sie zogen mir ein Kleid an und fassten mich rechts und links unter – Schwester, Sie können sich nicht vorstellen, was das für ein Gefühl ist, wenn man sich in der Hölle glaubt und spürt mit einem Mal wieder Menschen neben sich –, und dann führten sie mich zur Tür hinaus, und es ging durch einen Flur, vorbei an einem Fenster ohne Gitter. Und mit einem Mal stand ich in einem Raum mit drei großen Fenstern – eines davon weit offen, und die Winterluft war schon sonnig und roch nach Frühling.

Da musste ich ja denken, dass die Schwestern Engel sind, die mich aus der Hölle geholt hatten und in den Himmel bringen, das ist doch klar, das würde jeder denken! Aber es war das Untersuchungszimmer, wie ich jetzt weiß, und der Professor lachte, als ich fragte, ob er der Allmächtige sei, der über mich richtet. Und zu den Schwestern sagte er: »Bringt sie nur wieder fort.«

Ob so ein Professor weiß, wie es ist, wenn man durch ein offenes Fenster geschaut hat und dann wieder in einen Saal zurückmuss, wo die Fenster Gitter und Maschendraht haben? Wohl eher nicht – sonst könnte er nicht weiterleben und Professor sein.

Später konnte ich nie mehr Antwort geben, wenn der Professor etwas fragte, es war immer, als ob eine Klemme an meinen Gaumen drückt, Sie wissen schon, so eine Klemme, die der Zahnarzt einem vor dem Plombieren in den Mund setzt. Weil ich nie ein Wort zu dem Professor sage, redet er jetzt über mich, als wäre ich ein Ding, das weder hört noch sieht – als Schwester Eva mich gestern zu ihm brachte, sagte er: »Bitte im Untersuchungszimmer abstellen.«

Verrückt, oder? Ein Professor weiß doch, dass man sehr wohl hören kann, auch wenn man nicht spricht.

Sehen Sie, Schwester, jetzt haben Sie mir kurz zugehört, wahrscheinlich, weil ich von dem Professor und dem Arzt gesprochen habe. Hören Sie mir jetzt auch zu, wenn es um mich geht? Ich habe das so sehr gehofft, als ich vorhin Ihr Gesicht im Lampenschein gesehen habe.

Jetzt ist es zwölf auf Ihrer Uhr.

Da schlägt auch schon die Turmuhr – hören Sie – eins, zwei, drei ... zwölf Schläge. Nun sind schon vier Stunden von Ihrem Dienst vorbei, Schwester.

Eigentlich ist es mir egal, ob Sie zuhören oder nicht. Ich erzähle sowieso alles. Vielleicht tun Sie auch nur so, als ob Sie mich nicht hören, weil man euch in Kursen beibringt, nicht auf den Unsinn einzugehen, den wir reden.

Ja, wahrscheinlich könntet ihr nicht einfach weiterleben, wenn ihr uns zuhören würdet.

Aber ich rede keinen Unsinn, ich habe noch nie welchen reden können – mag sein, ich bin verrückt, aber Unsinn rede ich nicht, und Sie werden mir zuhören, Schwester; bis die Ablösung kommt, erzähle ich alles, und Sie werden es nicht vergessen, das sage ich Ihnen.

Nein. Ins Bett gehe ich nicht, das ist nun das erste Mal in sieben Monaten, dass mein Mund sich auftut, jetzt gehe ich nicht mehr schlafen. Wenn Sie mich ins Bett bringen, schreie ich die anderen wach – und dann ist es aus mit Ihrer ruhigen Nachtwache, Schwester.

Nun machen Sie doch wieder Ihr liebes Gesicht. So wie vorhin unter der Lampe, als die Oberschwester auf ihrer Runde vorbeikam. Ach, im Grunde ist es ja egal, ob Sie lieb sind – Sie sind ein Mensch mit Ohren, Sie müssen mich anhören, ob Sie es nun begreifen oder nicht.

Hören Sie, jetzt schlägt die andere Turmuhr – die ist immer ein bisschen später dran – sie hat einen dumpferen Schlag als die erste – diese höre ich immer, auch im Schlaf.

Als ich erst kurz hier war, habe ich dagelegen und gewartet, jede Viertelstunde auf die nächste, von einer Viertelstunde zur anderen habe ich auf die Glockenschläge gewartet. Es ist doch wunderbar, dass Maschendraht keine Geräusche abhält, so kann ich immer noch die Glocken hören, die ganz oben im Turm hängen, wo nur noch der Himmel ist.

Wissen Sie, dass ich unter einem Turm geboren bin?

Ja, ich fange jetzt beim Anfang an, und Sie nähen meinetwegen weiter, das spielt keine Rolle – Sie haben auch keinen Füllhalter, um alles für einen Anwalt aufzuschreiben, der es in die Zeitung bringen kann – nichts spielt jetzt eine Rolle – Sie hören ja nicht einmal zu.

Das Haus wirkte niedrig neben dem Turm, es hatte nur ein Obergeschoss, aber dafür hohe Fenster, alle genau gleich hoch. Die Tür war in der Mitte, eine breite grüne Tür mit grauem Gitterwerk, wenn man in den weiten Flur mit den roten Bodenfliesen kam, sah man gleich, dass an jeder Seite ein Zimmer war. Oben waren drei Zimmer, versteht sich, jedes mit einem hohen lichten Fenster.

Wenn ich aus der Kinderschule kam, habe ich die Fenster gezählt – ich konnte gerade bis fünf zählen, darüber wurde es schwierig.

Bei der Geburt meiner vierten Schwester war ich fünf Jahre alt, im Sommer darauf kam ich in die große Schule, und ich weiß noch sehr gut, wie ich zum ersten Mal sechs Hölzchen nebeneinanderlegen konnte, genau an dem Tag, als mein Brüderchen geboren wurde. Er war das sechste Kind.

Meine Mutter hatte zehn Kinder, Lientje war das zehnte, sie war allerdings ein Nachkömmling, als sie auf die Welt kam, war ich schon siebzehn. Noch immer denke ich so bei mir: Wir sind zu neunt – wie ich das früher zu Leuten gesagt habe, die danach fragten –, und hinterher erst fällt mir ein: Lientje war auch da – dann sage ich: »Mutter hatte zehn Kinder.«

Ich war die Älteste und habe erlebt, wie das Haus voll wurde. »Bürgerhaus« stand auf dem Versteigerungszettel, als es verkauft werden musste, und ein Bürgerhaus war es auch. Wir aßen zweimal die Woche Rindernes und sonntags einen Braten – was es unter der Woche gab, war manchmal reiner Speck –, aber in der Schule sagte ich: »Bei uns zu Hause gibt es dreimal in der Woche Fleisch.«

Komisch, dass Schulkinder gern alles voneinander wissen wollen, übers Essen und Trinken und die Kleider und alle möglichen Alltagssachen bis hin zu Klogeheimnissen, man kann gar nicht genug davon erzählen. Aber was wirklich wichtig ist, das erzählt kein Kind – das ist etwas ganz anderes, und man könnte auch gar nicht darüber sprechen, weil einem die Worte dafür fehlen. Was wirklich wichtig für die Menschen ist, braucht vielleicht nie gesagt zu werden, sonst gäbe es ja Worte dafür.

Aber von dem Turm kann ich nun schon erzählen, schließlich bin ich kein Kind mehr. Der Turm war ein Riese, er ragte über unserem Haus auf. Wenn ich in die Straße eingebogen war, sah er, wie ich näher kam. Er hatte Macht über unser niedriges Haus; wenn es versucht hätte, von dort, wo es stand, fortzulaufen, dann hätte der Riese seinen schweren Fuß daraufgesetzt, darum lief es nicht fort, es duckte sich nur ganz tief zusammen, weil es vor dem Fuß Angst hatte.

Aber ich hatte keine Angst vor dem Riesen, ich

bog in unsere Straße ein und kam immer näher, manchmal sprang ich dabei Seil oder kickte einen Kiesel vom Hüpfkästchen vor mir her, ein andermal tanzte ich so vor mich hin, aber mir war stets bewusst, dass der Riese mir nichts tun konnte, weil ich dafür zu klein war; wenn er seinen Fuß auf mich gesetzt hätte, wäre da immer noch eine Höhlung geblieben, in die ich hineinpasste. Deswegen traute ich mich auch, zu ihm emporzuschauen, ich zählte die großen Glocken in seinem offenen Kopf; wenn die größte zur vollen Stunde dröhnend schlug, dachte ich, mach nur, du tust mir nichts – dein lautes Läuten weht fort, zum Meer.

Ja. Unser Städtchen lag am Meer. Zwar nicht am richtigen, großen Meer, aber doch an einem breiten Meeresarm mit Wellengang.

Vor dem Meer hatte ich schon ein bisschen Angst, weil man bei ihm nie wusste, woran man war – es war dauernd in Bewegung, manchmal leckte es ganz unten an der Deichbefestigung, wo die Algenschwaden träge hin und her wogten, ein andermal reichte es bis oben an den Deich und schleuderte gelbe Schaumflocken über die Steinmauern des Hafens. Aufs Meer schaute ich am liebsten von weitem, dann war es ein schöner Anblick, wie die Wellen alle zugleich atmeten.

Seltsam, jetzt beim Zurückdenken ist es gerade

so, als wären bloß der Turm und das Meer wichtig gewesen. Der Turm stand hoch über dem Haus, und der Schulweg führte am Hafenkai entlang. Aber in Wirklichkeit waren auch die Schule und das Haus sehr wichtig, daran erinnere ich mich wieder. Nur muss ich dafür ein geschlossenes Fach in meinem Kopf aufmachen. Eine zugemauerte Nische – jetzt habe ich sie aufgebrochen –, wie klein und beengt wird alles. Mir ist wieder ganz so zumute wie damals auf der Fußmatte, wenn die Haustür zwischen mir und der Straße zugefallen war.

Innen im Haus war alles ganz echt und natürlich sehr wichtig, das einzige Echte – da ging es um Essen und Trinken und Schlafen, und es hieß aufpassen, dass Vater einem keinen Klaps gab. Aber es war furchtbar bedrückend, weil nie etwas anderes passierte als das Alltägliche – Tassen waren abzutrocknen, und immerzu musste ein kleines Geschwisterchen sein Fläschchen bekommen und roch dann säuerlich aus seiner Wiege.

Ich habe die Kleineren mit dem Fläschchen gefüttert und sie gewindelt, ich war ja die Älteste. Ich habe auch immerfort einen Kinderwagen in der Straße hin und her geschoben, von der Drogerie bis zum Textilgeschäft immer hin und her auf dem Trottoir. Wenn ich mit dem sperrigen Wagen unterwegs war, hatte ich den Eindruck, es würde auf der

Straße genauso riechen wie in unserer Wohnstube – so ölig, nach einem Docht, auf dem schon ewig lange Kaffee in der Kanne köchelt.

Der plumpe Korbkinderwagen war mir furchtbar zuwider, ich habe ihn gehasst, ja, gehasst. Weil er nie leer wurde. Immer wieder wurde er neu angestrichen, dann bezog Mutter auch die Zudecke frisch – und ich wusste, dass bald wieder ein kleines hilfloses Kindchen darin liegen würde, das herumgekarrt werden musste, bis es kräftig und lästig wurde und herausklettern wollte.

Einmal, als ich von der Schule kam, stand der Wagen wieder hergerichtet auf den roten Fliesen im Flur. Ich hatte mit Murmeln gespielt und darum schmutzige Hände. Da habe ich mit den Fingernägeln zwei lange schwarze Kratzer in die frische weiße Farbe gemacht. Wunderbar war das, ich habe dabei gelacht. Mutter muss es gesehen haben, sie kam gerade aus der Stube, aber sie gab mir keinen Klaps, sondern strich mir übers Haar, und da lachte ich nicht mehr. Am Abend habe ich im Bett ganz furchtbar geweint, weil es bei uns zu Hause einfach nie anders werden wollte, als es war, weil jeden Mittag das schmutzige Geschirr gespült werden musste, weil Windeln zu waschen waren und weil der Kinderwagen wieder hergerichtet war und man nichts dagegen tun konnte, dass er dauernd voll war.

Verstehen Sie das, Schwester? Ach nein, das verstehen Sie natürlich nicht. Sie haben ein so feines, vornehmes Gesicht – Sie kennen all so was nicht. Bestimmt sind Sie Krankenschwester geworden, um ein nützlicher Mensch zu sein.

Wollen Sie nicht mal versuchen, mich zu verstehen, es war doch alles genau so, wie ich es sage – alles ist wirklich passiert, mir selber.

Ich wollte schon früh von zu Hause weg, nützlich sein wollte ich nicht, so etwas hatte ich nicht im Sinn. Morgens wurde ich schon mit solch einem Widerwillen gegen den neuen Tag wach, dass mir vom Anblick des Frühstücksbrots schlecht wurde, darum nahm ich es für die große Pause mit. Und es wurde immer schlimmer – schließlich habe ich mir fest vorgenommen, von zu Hause wegzulaufen.

Einmal, an einem Samstagnachmittag, bin ich über den halben Deich bis zum Leuchtturm gegangen, in meiner Tasche hatte ich ein Täfelchen Schokolade und die vierunddreißig Cent aus meiner Sparbüchse – damit, so glaubte ich, würde ich eine Woche lang altbackene Brötchen kaufen können. Eine unglaubliche Wonne war es, das Haus hinter mir gelassen zu haben und in die Welt hinauszugehen – ich war wohl eine halbe Stunde lang glücklich.

Merkwürdig. Jetzt, da ich an die vielen versunkenen Jahre denke, ist diese halbe Stunde noch ganz da, sie ist wahrscheinlich das Herrlichste, was ich je erlebt habe. Ich sah, dass die Bäume regungslos verharrten, weil sie innerlich leise lachten, aber ich wusste, dass sie mir nachschauten. Die Wolken zogen ganz ruhig vor mir her, um den Weg zu weisen, und der Sommerwind blies so sanft in meinen Nacken, als würde er atmend hinter mir hergehen, ich weiß noch gut, wie lau die Luft war.

Aber als ich dem Leuchtturm näher kam, fand ich es auf einmal seltsam, dass ich da herumlief wie ein Zigeuner, der kein Zuhause hat. Ich kannte den Leuchtturmwärter, weil Vater öfter Malerarbeiten am Turm erledigte. Einmal durfte ich ganz hinaufsteigen, wo der Wärter mir seine Lampen gezeigt hat. Es waren noch Öllampen, die ihm viel Arbeit machten, aber sie sahen sehr sauber aus, da droben war alles blitzblank. Der Leuchtturmwärter selber war auch sehr sauber, ein ehemaliger Soldat mit einem buschigen grauen Schnurrbart und einer geraden breiten Nase. Nur seine Hände konnte er nicht sauber halten, weil er so viel putzen und immerzu Petroleum nachfüllen musste, darum gab ich ihm nicht die Hand, als ich mich vor dem Weggehen bedankte. Aber später musste ich jedes Mal an ihn denken, wenn abends die Lichtbündel über unser Haus hinwegstrichen, so regelmäßig wie das

Ticken der Uhr, dann dachte ich: Fein, jetzt tut er seine Arbeit.

An dem Nachmittag, als ich weggelaufen war, hatte ich überhaupt nicht an ihn oder an den Leuchtturm gedacht, ich ging den Deich entlang, weil es so herrlich ist, wenn man über Wiesen mit Rotklee und Wiesenschaumkraut schaut. Und dann war ich unversehens beim Turm.

Der Wärter stand sehr groß und aufrecht unten in dem kleinen Blumengarten, er hatte mich gesehen und winkte. Ich musste wohl oder übel hingehen und ihm die Hand geben, und mit einem Mal war da der stechende Geruch nach Öl und Putzpaste, der so lange an den vom vielen Putzen schwarzen Fingern haften bleibt.

Der Geruch erinnerte mich daran, dass Mutter gerade ihre Samstagsarbeit machte. Ich hatte nicht zu ihr hingeschaut, als ich wegging; sie durfte ja nicht merken, was ich vorhatte, aber jetzt wusste ich wieder ganz genau, dass sie jeden Samstagnachmittag den kupfernen Blumentopf putzte, der zu Hause am Fenster stand.

Ich bin noch etwa hundert Schritte gegangen, dann musste ich mich an den Wegrand setzen. Ich schloss meine Hände um zwei dicke Grasbüschel, das ist herrlich, man hält den süßen Grasduft fest, die Halme sind weich und feucht. Ich drückte mein

Gesicht ins Gras, haben Sie das schon mal gemacht, Schwester? Auf der ganzen Welt gibt es nichts Herrlicheres – für ein Kind.

Aber die Putzpaste ließ mich nicht los – ich konnte das Gras schon kaum mehr riechen; mir wurde klar, dass ich eigentlich nach Hause musste und fürs Sonntagsessen Kartoffeln schälen. Als ich mich aufsetzte, war der Leuchtturm wieder ganz normal das Ende eines Spazierwegs, und jenseits davon lag nicht mehr die Welt.

Ich habe meine Schokolade trotzdem aufgegessen, ich sehe noch, wie das zusammengeknüllte Stanniolkügelchen im Gras lag, als ich umkehrte, um wieder in Richtung Stadt zu gehen.

Auf einem Deich, der zum Meer hinführt, geht es sich ganz anders als auf dem gleichen Deich, wenn er der Rückweg in die Stadt ist. Man sieht dann, wie die Vierecke der Häuser rasch wieder größer werden. Meine Füße waren bleischwer, als ich im Schatten des Eisenbahnviadukts ging – später hatte ich an dieser Stelle immer das Gefühl, dort fängt die Stadt wieder an.

Das war mein einziges Kindheitsabenteuer – heute wundert es mich, dass ich mir das so gut gemerkt habe. Ich habe auch nie mehr versucht, von zu Hause wegzulaufen, mir war endgültig klar, dass Kinder so etwas nicht können.

Als wir am Abend bei Tisch saßen, um Brei zu essen, Buttermilchbrei mit Sirup, da war ich wieder ganz normal zu Hause bei den anderen, es hat mir, glaube ich, gefallen, am Tisch mit dem sauberen weißen Wachstuch zu sitzen, vor mir einen weißen Teller mit einem Blechlöffel. Aber als der Brei aufgetan war und ich die Augen geschlossen halten musste, weil Vater betete, war der Buttermilchgeruch auf einmal so scheußlich stechend, dass ich zusammensackte.

Ich schaute in Vaters Augen, als ich wieder zu mir kam, den Moment werde ich nie vergessen. Er musterte mich wie in der Werkstatt einen Schrank oder Tisch, der neu gestrichen werden muss, ganz genau und eingehend. Vater hatte kleine hellblaue aufmerksame Augen. Er sagte zu Mutter, in meinem Alter käme das vor, dann aß er seinen Teller leer und dankte.

Vater aß immer sehr gemächlich, er aß alles, was er bekam, allerdings schlürfte er laut, das fand ich schon damals sehr hässlich.

Mutter war mit mir beim Kassenarzt, der sagte, es sei Blutarmut und ich solle Eisentabletten nehmen und Milch trinken – damals mussten Kinder, denen etwas fehlte, immer Milch trinken. Bei uns in der Schule stand eine ganze Reihe Milchflaschen von Kindern, die schwächlich waren, morgens und mittags standen wir nacheinander auf, um einen Becher zu trinken, dabei gingen wir auf Zehenspitzen, um die anderen nicht zu stören, und mit den Händen auf dem Rücken, so gehörte sich das.

Ein großer Becher kalte Milch im Magen fühlt sich eklig an, mich schauderte es jedes Mal, wenn er leer war. Schade nur, dass ich davon nicht mehr Farbe bekommen habe, die teure Milch bedeutete nämlich ein Opfer für Mutter, aber ich war und blieb bleich. Daraufhin gab sie mir abends auch noch Lebertran. Es dauerte immer sehr lange, bis ich den Lebertran nicht mehr im Mund schmeckte und einschlafen konnte.

Können Sie sich vorstellen, dass ich jetzt am liebsten den Kopf auf die Tischplatte legen würde, Schwester, um zu weinen, alle Tränen zu weinen, die ich in meiner Kindheit zurückgehalten habe? Denn sehen Sie, ich bin nicht mehr ich selber, ich bin das kleine Mädchen von früher und spüre seinen entsetzlich drückenden Kummer. Er ist ganz anders als Erwachsenenkummer, tut aber so weh, dass ich schreien könnte.

Nein, bitte, legen Sie die Näharbeit nicht weg. Lassen Sie mich bitte noch ein bisschen bei Ihnen sitzen, bringen Sie mich nicht ins Bett. Ich schreie auch gewiss nicht, das habe ich nur so gesagt, Weinkrämpfe kann ich ganz gut unterdrücken.

Aus der Schulzeit ist mir kein wirklicher Kummer erinnerlich, da ist überhaupt nichts passiert. Es war nur langweilig, in der Schule hatte ich immer einen Druck zwischen Augen und Nase, so dass ich gähnen musste, darum schaute ich oft nicht ins Buch oder zur Tafel, und dann bekam ich Schelte. Einfach nur Schelte, in der Ecke stehen oder aus dem Zimmer gehen musste fast nie jemand, an dieser Schule war so gut wie nie etwas los. Von der ersten bis zur letzten Klasse hatten wir denselben Lehrer, und alles hatte seine Ordnung. Die Schulbücher gingen von Teil eins bis Teil sechs, in den Schreibheften wurde der Abstand zwischen den blauen Linien jedes Jahr schmaler, die Land- und Lehrkarten für alle Klassen standen geordnet im Kartenschrank, ganz rechts die der Sechstklässler. Das weiß ich noch, weil der Lehrer mir oft auftrug, die Bücher und die Hefte im Schrank zu stapeln, schon damals war ich sehr geschickt mit den Fingern. Der Lehrer war groß, hatte gelbliche Haut und braune Zähne – einmal hat er sich zwei Vorderzähne ziehen lassen, danach musste ich immerzu die dunkle Lücke anstarren, wo sie gewesen waren.

Verrückt – warum erzähle ich Ihnen das?

Von der Schulzeit erinnere ich mich am allerbesten an den grünen Bretterzaun, auf den die Jungen mit Kreide Strichmännchen malten. Ich selber habe auch an den Zaun gemalt, in der großen Pause, aber nicht mit weißer Kreide, ich hatte schöne Kreidestangen in Rot und Blau, damit habe ich Damen in Schleppenkleidern gemalt.

Den Mädchen hat das gut gefallen, aber sie haben nie lange hergeschaut, mir war beim Malen auch wohler, wenn nicht alle zusahen.

Manchmal lehnte ich mit dem Rücken am Zaun, um in die Luft zu gucken und die Sonne zu spüren. Oberhalb des gegenüberliegenden Zauns, zum Himmel hin, begegnete ich einer Reihe sonderbarer Gestalten, sie bildeten das Gesims der alten Provinzverwaltung gegenüber der Schule. Wunderschön war das – in der Mitte stand ein stämmiger Meeresgott, der in ein Horn stieß, mit dick aufgeblasenen Wangen, als wäre er selber der Meereswind – um ihn herum lagen oder saßen Frauen, nackte pralle Frauen, ihre Haare umwehten ihn, und sie hielten offene Muscheln in die Höhe. Ich weiß noch sehr gut, wie zufrieden es mich machte, wenn die grauen Wolken hinter der prächtigen Gruppe sich verzogen und sie vor dem blauen Himmel weiß erschien. Wenn ich lange hinsah, gab es nichts anderes mehr auf der Welt, und ich fuhr auf dem Wellenwagen hinter den weißen Delphinen mit, dort war mein Platz.

Am Ende der großen Pause ging die Glocke, eine

alte gesprungene Glocke, man konnte sie nicht laut läuten, trotzdem erschrak ich manchmal so davon, dass mir schlecht wurde. Noch heute höre ich ihr Bimmeln und sehe meine schwarzen Schnürstiefel, mit denen ich mich dann auf den Klinkern des Schulhofs wiederfand.

Vom Klassenzimmer aus war der Himmel nicht zu sehen, ich erinnere mich nur an graues Licht hinter einem hohen Fenster, auf dem schwarze Fliegen herumkrochen.

Als ich zwölf war, nach der sechsten Klasse, bin ich aus der Schule gekommen. Ich hatte nie das Bedürfnis weiterzulernen, so wie andere Mitschüler, mir war auch nicht klar, dass ich nicht genug für die Welt wusste. Die Welt konnte mich gleich gebrauchen.

Ach, ich wusste aber doch recht viel von der Welt, viel mehr, als man in der Schule lernt. Schön war es aber nicht, so viel zu wissen, man musste zu viel denken, und das ging nur abends im Bett, ansonsten war keine Zeit dafür. Im Bett habe ich über all die Dinge zwischen Männern und Frauen nachgedacht, davon hatten die Mädchen in der Schule es oft – sie tuschelten in stillen Ecken, aber ich mochte nicht mitmachen, weil sie mir zu viel kicherten, das fand ich schon damals sehr hässlich. Mir war auch nie nach Kichern, weil das Ganze Angst machte und ernst war – ich hatte zu Hause ja oft erlebt, wie Mutter ihre Kinder bekam, dann musste ich die Hebamme holen, weil ich die Älteste war. Und über all das andere konnte ich auch nicht lachen – jeden Gedanken daran schob ich weg. An solche Sachen zu denken kam mir schmutzig und widersinnig vor, Vater und Mutter gaben sich ja nicht einmal einen Kuss, wenn wir dabei waren.

Erst später, als ich schon im Nähatelier arbeitete, wunderte es mich, dass meine Eltern, die einander nie küssten, trotzdem so viele Kinder hatten. Ich war Hilfskraft bei einer Französin, und die strich ihrem Mann übers Haar, wenn er nach Hause kam.

Inzwischen weiß ich natürlich alles von der Welt, viel zu viel, Schwester, ich weiß so viel, dass ich eigentlich tot sein müsste; jeder andere würde an dem sterben, was ich weiß. Und inzwischen weiß ich auch, dass Vater keiner war, der küsst – er hatte nur für sich selber geheiratet.

Keine Ahnung, ob Mutter wusste, dass sie lebend in der Hölle gelandet war. Ich glaube nicht, aber sie hat sich sehr nach dem Himmel gesehnt. Sie hatte eine alte Rückwand von einem christlichen Kalender, es waren Engel in weißen Kleidern darauf. Zu den weißen Engeln hätten eigentlich auch weiße Haarschleifen gehört, aber sie hatten nur grüne Zweige in den Händen.

Die Blätter waren längst alle abgerissen, als Mutter den Kalender endlich in der Wohnstube abhängte, aber dann hat sie ihn in der Küche mit einer Reißzwecke an der Holzwand über der Anrichte festgemacht; dort hat er noch Jahre gehangen, bis er ganz fettig war. Ich habe gesehen, dass sie ihn beim Kartoffelschälen anschaute, ganz flüchtig tat sie das, wie aus einem Gefühl heraus, und dann waren ihre Augen bei den Engeln.

Als ich zwölf war, hatte Mutter neun Kinder, zweiundvierzig war sie da. Vater und Mutter hatten erst spät geheiratet, weil es zu ihrer Zeit eine Schande war, Möbel auf Raten zu kaufen. Ich habe meine Mutter nur mit grauen Haaren gekannt.

Ein Jahr war ich zu Hause, um von ihr den Haushalt zu lernen, Vater wollte das so. Erst dachte ich, das wäre besser als die Schule, weil man sich die Arbeit selber einteilen kann. Aber es wurde viel schlimmer; in der Schule stand im Voraus fest, dass die Arbeit nie aufhört, darum gönnte ich mir Zeit, mal nicht ins Buch zu schauen. Zu Hause dagegen freute ich mich anfangs immer ein wenig darauf, dass ich vielleicht Zeit für etwas Schönes hätte, wenn die Arbeit erst einmal getan war. Darum beeilte ich mich, aber kaum war ich fertig, gab es etwas anderes zu tun, an das ich nicht gedacht hatte, Mutter aber schon.

Schwester, das kennt ihr nicht, reiche und vornehme Leute kennen das nicht, und Krankenschwestern und alle, die wissen, dass sie nach der Arbeit ausruhen dürfen, kennen das nicht – wie sollten sie auch? Es ist solch eine furchtbare Enttäuschung, wenn der Augenblick bevorsteht, dass man ein Weilchen nichts tun muss oder ein bisschen herumlaufen oder mit jemandem reden kann, der auch nichts tut – und plötzlich kriegt man wieder neue Arbeit hingestellt und muss sie machen, weil man ja weiß, es geht nicht anders. Besonders, wenn man erst dreizehn ist.

Es war ganz furchtbar, das weiß ich noch genau, ich war ja kein richtiges Kind mehr. Damals habe ich versucht, mich zu vergiften. Ich habe von einer ganzen Schachtel Streichhölzer die Köpfe aufgegessen, weil ich glaubte, dann würde ich von dem Phosphor sterben – dass Phosphor giftig ist, hatte ich in der Schule gelernt. Aber es hat nicht geklappt, vermutlich hatte der Lehrer übertrieben, ich habe nur Magenschmerzen bekommen.

Wenn Vaters Unfall nicht passiert wäre, hätte ich wahrscheinlich für immer zu Hause bleiben und Mutter helfen müssen. Vater strich gerade das Dachgesims der reformierten Kirche, da riss das Seil, an dem seine Malerbank hing. Es war ein tiefer Sturz; es sei ein wahres Wunder, hieß es im Krankenhaus, dass er noch lebte, aber arbeiten konnte er nie mehr. Mutter bekam natürlich Unterstützung von der Armenfürsorge und der Diakonie, aber als die Herren erfuhren, dass ich ihr im Haushalt half, meinten sie, ich solle besser Geld verdienen, darum hat Mutter mich als Laufmädchen bei dieser Französin untergebracht.

Schwester, Sie haben sich nie als schlecht empfunden, das sehe ich Ihnen an, Ihre Haut hat eine so gesunde Farbe, und Ihr Haar ist ordentlich gescheitelt. Vielleicht haben Sie ja einen Pfarrer zum Vater, der stolz darauf ist, dass Sie in der Welt Gutes tun.

Können Sie sich vorstellen, dass ich in der Kirche gebetet habe, Gott möge meinen Vater nicht mehr gesund machen, weil ich sonst wieder nach Hause zurückgemusst hätte?

Aha, jetzt haben Sie mich angeschaut. Ja, Schwester, so schlecht war ich. Aber ich habe es nicht bereut, auch jetzt bereue ich es nicht, ich war wenigstens ehrlich zu Gott. Hätte ich gebetet, er möge meinen Vater wieder gesund machen, dann hätte ich ihn belogen. Ich hatte kein Mitleid mit Vater, er musste liegen, das war alles. Ich hatte kein Mitleid, er bekam jeden Tag sein Beefsteak oder sein Kotelett, wir alle schauten ihm beim Essen zu, aber nie ließ er jemanden probieren. Und die Gläubigen kamen ihn besuchen – er war Kirchenältester ge-

wesen. Allmählich veränderten sich seine Arbeits-
hände, sie wurden weiß und fein, und auch seine
Stimme wurde feiner, damit sprach er über die Bi-
bel wie der Pfarrer – da nannten sie ihn einen »Er-
weckten«, und die Notarsfrau brachte eingemachte
Kirschen.

Erst vor vier Jahren ist er gestorben, er war dreiundzwanzig Jahre bettlägerig, und in der Anzeige
stand, er hätte sein Leiden geduldig getragen.

Aber ich sage Ihnen, Schwester, gelitten hat er
nicht, er hat sein Leben genossen, er hat gemächlich gegessen und getrunken, was die Leute ihm
brachten, und ihnen schöne Worte gesagt, im Wissen, dass er ein »Erweckter« war. Und als er schon
fünf Jahre lag, bekam Mutter noch ein Kind. Ihr
zehntes. Das war Lientje.

Sie brauchen nicht laut Ihre Stiche zu zählen. Ihnen
ist es ja doch egal, ob ich rede oder schweige. Ich
rede auch bloß für mich selber, weil ich sicher sein
will, nicht verrückt zu sein.

Trotzdem ist etwas an Ihre Ohren gedrungen –
sonst würden Sie nicht Stiche zählen.

Jetzt geht es weiter. Nein, Sie brauchen mich
nicht anzuschauen. Mit Ihnen habe ich auch kein
Mitleid. Um sechs ist Ihr Dienst vorbei, dann können Sie im Schwesternzimmer Ihre Brote essen.

Und wenn Sie morgen früh in Ihrer Schwesterntracht die Straße entlanggehen, haben die Leute Respekt vor Ihnen – aber sie wissen nicht, dass Sie Angst haben, einem unglücklichen Menschen zuzuhören. Warum, in Gottes Namen, geben Sie keine Antwort?

Wenn ich Ihnen alles von mir und der Welt erzählen wollte – so, wie ich es Gott erzählen würde, wenn ich wüsste, dass er Ohren hat …

Ah, jetzt runzeln Sie die Stirn – jetzt hören Sie zu. Gott aber nicht, der hört nicht zu. Das nehme ich ihm nicht übel – es wäre ja zu furchtbar, wenn er der ganzen Welt zuhören müsste. Ich könnte das auch nicht.

Sehen Sie, das ist auch so etwas, das man mir in der Schule nicht beigebracht hat, ich habe es mir abends im Bett überlegt, wenn ich wegen des Lebertrangeschmacks nicht einschlafen konnte. Seit meiner Schulzeit weiß ich sicher, dass Gott nicht zuhört.

In unserer Klasse begann der Lehrer den Unterricht um neun mit einem Gebet, so wie jeder Lehrer und jede Lehrerin in der Schule. Das war in allen christlichen Schulen der Stadt so. Und der Lehrer betete so hässlich, ich merkte, dass er währenddessen prüfte, ob unsere Schwämme und Griffel bereitlagen und wir auch alle mitbeteten. Ich konnte nie mitbeten, weil seine braunen Zähne so auf dem zähen Morgengebet herumkauten.

Was, wenn Gott sich all die vielen Morgengebete anhören müsste? Und gleichzeitig auf die Jungen achten, die dabei Murmeln in ihren Hosentaschen zählen, oder auf die Mädchen, die sich gegenseitig kneifen? Das wäre doch ganz furchtbar für Gott.

Und wenn sonntags in der Kirche die reichen Damen mit ihren neuen Sommerhüten hochaufgerichtet dastanden und sangen oder wenn ich mit Vater und Mutter zur Zeltmission ging, wo geschrien wurde, dann wusste ich ganz gewiss, dass Gott wegschaute und sich die Ohren zuhielt.

Dumm, das bleibt einem für immer. Wenn mein Kummer mich fast zerriss, habe ich vor meinem Bett auf den Knien gelegen, Schwester, das Gesicht in die Tagesdecke gedrückt, wie man das in seinem Elend so macht – die richtigen Worte habe ich aber nie mehr gefunden, ich wusste ja nicht, ob ich zu jemandem spreche, der zuhört.

Man hat es mir verdorben. Schwester, es ist einfach furchtbar, sie haben es zusammen für jeden einzelnen Menschen verdorben. Gott blickt nicht mehr zu den Menschen herab, sondern über den Himmel, wo die Sterne wandern.

Schauen Sie doch mal hoch, Schwester, sehen Sie, dass sich die Sterne hinter den Gittermaschen verschoben haben? Dass eine Sommernacht so blau sein kann, grünblau wie das Wasser und der Himmel zugleich. Jetzt schwimmen die Sterne am Himmel wie Seerosen auf einem Teich im Park – wäre ich jetzt auf der anderen Seite des Gitters, würde ich meine Hände hochhalten und warten, ob ein Stern hineinfällt.

Vielleicht wäre es ja möglich – wenn Gott ein Wunder tun will. Unter solch einem Nachthimmel hat Hannes zum ersten Mal seine Hand auf meine Brust gelegt …

Gott, Schwester, ich weiß, dass ich Ihnen von Hannes erzählen werde, ich spüre, wie die Worte kommen – dabei will ich es nicht erzählen, Schwester – das dürfen Sie nicht wissen, es gehört nur mir allein. Aber von allem anderen erzähle ich, die kleinen Sachen aus der Kinderzeit habe ich ja schon erzählt, nun sind da noch viele andere, dann irgendwann kommt Hannes doch – er war das Ende von allem.

Jetzt geht es weiter, aber vor Hannes kommt noch vieles andere, es könnte gut sein, dass ich die ganze Nacht davon rede – wenn dann um sechs die Tagschwester kommt, wissen Sie immer noch nichts über Hannes.

Jetzt bin ich am Anfang von allem anderen.

Ich ging allein in die Welt hinaus, die Zeit zu Hause lag hinter mir. Ich war dreizehn Jahre alt und wusste, dass ich große braune Augen hatte, das Weiß bläulich wie Porzellan, und meine Haare waren schwarz, ganz glatt und glänzend. Ich war schon nicht mehr so bleich und bekam allmählich Rundungen, nur meine Beine und Arme waren noch kindlich dünn. Wie ich damals aussah, weiß ich gut, weil ich im Atelier der Französin einem großen Spiegel direkt gegenübersaß. Der hatte zwar ein paar blinde Stellen, aber man konnte sich in dem glatten Glas doch recht deutlich sehen. Bei uns zu Hause hing nur ein kleiner fleckiger Spiegel über dem Spülstein.

Gegenüber dem großen Ankleidespiegel habe ich bestimmt Tausende Haken und Ösen an alle möglichen Kleider genäht, und jedes neue, aus einem anderen Stoff und in einer anderen Farbe, hielt ich, ehe ich es auf den Schoß nahm, kurz hoch, um zu prüfen, wie es mir zu Gesicht stand. Das war erst ganz wunderbar und eine Zeitlang das größte Vergnügen für mich, meine Augen und mein Haar über diesen eleganten Kleidern zu sehen. Vor allem war es abenteuerlich; wenn das Spiegelmädchen mich anblickte, wusste ich mit einem Mal, dass mein eigenes verwaschenes Kleid nur ein Traum war und all die feinen weichen Stoffe, die über meinen Schoß gingen, für mich aufbewahrt würden, damit ich sie später, wenn ich wach wurde, tragen könnte.

Wenn ich mit der großen Spanschachtel unterwegs war, um Kleider wegzubringen, machte es mich überhaupt nicht traurig, dass mein eigenes Kleid altmodisch und schmucklos war, ich malte mir aus, was ich tragen würde, wenn ich einmal aus all den schönen Kleidern freie Auswahl hätte.

Damals machte ich den Nachhauseweg oft zusammen mit dem Dienstmädchen vom Fischgeschäft neben dem Atelier. Wir wohnten im gleichen Viertel, es war kein besonderes Viertel, nach Vaters Unfall hatte Mutter in eine ärmliche Straße umziehen müssen, weil sie die Zins- und Tilgungsraten für das gediegene Bürgerhaus nicht mehr aufbringen konnte.

Wir kannten einander nur von der Straße, hatten uns nie gegenseitig besucht, aber wir wussten, dass keine von uns es zu Hause üppig hatte. Trotzdem schwärmten wir einander von dem Luxus vor, in dem wir lebten. Wahrscheinlich glaubte sie meine Geschichten nicht – ich glaubte ihre jedenfalls nicht. Ich behauptete zum Beispiel, in meinem Kleiderschrank würden drei seidene Abendkleider hängen, ein rosafarbenes, ein hellblaues und ein weißes; wenn ich die Kleider beschrieb, wurden sie mit jedem Mal anmutiger, dann dachte ich mir noch vergoldete Schuhe und eine Seidenstola dazu aus, das war mir ein Genuss. Sie wiederum erzählte von dem Festessen, das ihre Mutter sonntagmittags kochte, sie aß Lachs mit Mayonnaise und Austern als Vorspeise, später trank sie sogar Champagner.

Am schönsten war aber nicht das Zuhören, am schönsten war das Erzählen. Während sie mit den Fingern anzeigte, wie dick der gebratene Aal war, entwarf ich für mich einen Abendmantel aus lila Damast.

Als ich fünfzehn wurde, machten die älteren Näherinnen im Atelier gemeinsam ein Samtkleid für mich, aber es war aus Baumwollsamt, ich erschrak, als ich am Morgen meines Geburtstags das Geschenk auf meinem Stuhl vorfand – der Samt fühlte sich rauh an. Ich konnte mich nicht bedanken, aber das fiel niemandem auf, sie freuten sich so über die Überraschung. Mutter ist tags darauf hingegangen und hat sich bedankt; wenn wir etwas bekommen hatten, fragte sie immer: »Hast du dich auch bedankt?«

Zu Hause war so viel, für das man danken musste, fast alles. Die Kinder trugen abgelegte Sachen von besseren Leuten, die Bohnen und Erbsen kamen von der Armenfürsorge und die Miete von der Gemeinde. Mutter verdiente das Brot für uns alle, weil ihr das Danken nicht schwerfiel.

Mir schon, ich konnte das nicht – ich sei ein schwieriges Kind, sagten die Leute. Ich habe auch fast nie abgelegte Sachen getragen, für mich war meistens nichts in den Paketen, darum musste Mutter mir immer wieder mal Stoff auf dem Markt kaufen. Sie freute sich sehr über das Kleid aus braunem Baumwollsamt.

Mich hat dieses Kleid an meinem fünfzehnten Geburtstag zu einer Erwachsenen gemacht.

Die anderen waren so angetan von ihrem Geschenk, sie wollten, dass ich das Kleid auf der Stelle anprobierte. Sie zogen mir die verschossene Bluse und den Rock aus, und dann sah ich mich in meiner gelben Baumwollunterwäsche im Spiegel – ich war es selber – kein Spiegelmädchen, das mich anschaute.

Sie zogen mir das braune Samtkleid über, und auf einmal war ich ärmlich gekleidet. Ich konnte sehen, wie es geschah – so oft hatte ich mein Gesicht in diesem Spiegel über glänzender schmiegsamer Seide gesehen, und nun starrten meine Augen mich über dem harten stumpfen Baumwollsamt an – da wusste ich: Das war ich und niemand anderes, das älteste Kind aus einer Familie, die von Almosen lebte – und zugleich war mir klar, dass ich mich jetzt freuen musste. Aber das konnte ich nicht, ich freute mich nicht, sondern hatte endgültig begriffen, dass Armsein hässlich ist.

Am Nachmittag brachten sie mir noch eine Haarschleife, eine dunkelrote, die farblich überhaupt nicht zu dem Kleid passte. Nachdem sie mir die Schleife ins Haar gebunden hatten, traute ich mich nicht mehr, in den Spiegel zu schauen. Wenn ihr uns sonntags einen Nachtisch spendiert, schaudert es mich beim Anblick der Soßenlache um den Pudding herum, die Haarschleife war genauso johannisbeerrot – ich musste sie tragen, bis sie fadenscheinig und zerfranst war.

Auf meinem Platz dem Spiegel gegenüber saß ich noch bis zum achtzehnten Lebensjahr, dem Spiegelmädchen bin ich aber nie mehr begegnet, ich sah nur noch mich selber. Und auch wenn ich mir die schönsten Gewänder anhielt, wusste ich stets, dass sie für andere bestimmt waren.

Aber abfinden konnte ich mich damit nicht, ich sehnte mich furchtbar danach, schön gekleidet zu sein; ich war so unzufrieden, dass es weh tat. Wenn ich auf die schwarzen Schuhe hinabschaute, die Mutter bei einem Flickschuster frisch hergerichtet gekauft hatte, drückte mich das harte Leder an den Füßen, und in meinem Wintermantel, aus dem ich herausgewachsen war, fror ich ständig, weil wir im Atelier weiche leichte Pelzmäntel mit Satin fütterten.

Schwester, all so was kennen Sie nicht, Sie hatten immer hübsche adrette Kleider – nicht zu auffällig, versteht sich, das sehe ich Ihnen an – aber bestimmt durften Sie manchmal mit Ihrer Mutter oder großen Schwester im Geschäft einen Hut oder Mantel kaufen gehen und aus einer großen Auswahl so lange Sachen anprobieren, bis Ihnen Ihr Spiegelbild gefiel.

Mutter hielt tagsüber auf dem Markt Ausschau nach Stoffen für mich, und wenn ich abends nach Hause kam, lag da, was sie am günstigsten erstanden hatte. Daraus durfte ich mir dann etwas nähen. Ich hatte zwar geschickte Finger, aber Mutter fand immer die billigen Stoffe schön. Sie wissen nicht, wie es einen niederdrückt, abendelang an einem neuen Kleid genäht zu haben, und wenn es fertig ist, in einem Schaufenster sein Spiegelbild zu sehen und zu erkennen, dass man genauso ärmlich daherkommt wie in dem alten verschlissenen Kleid. Das wissen Sie nicht, und die Leute wissen auch nicht, wie einem das zusetzt, wenn man jung ist. Wenn sie es wüssten, denke ich manchmal, dann würden sie etwas für all die mageren Mädchen tun, die auf schiefgelaufenen Absätzen an den Schaufenstern entlanggehen und Sachen betrachten, die sie nicht kaufen können. Schließlich spenden die Leute doch auch für die Speisung der Schulkinder, oder?

Ach, das sage ich nur so dahin – die Leute werden schon selber wissen, was sie tun. Ich habe es jedenfalls nicht ausgehalten, und als ich achtzehn war, bin ich mit einem Handelsvertreter gegangen, der mir Geld gab.

Und doch war ich nicht schlecht. Schlechtsein ist hässlich, ich habe nichts Hässliches getan.

Wäre ich mit Jungen zum Deich gegangen, dann wäre ich mir schlecht und schmutzig vorgekommen. Die Mädchen und Jungen aus unserer Gegend gingen abends dorthin, ein Nachbarsmädchen hat mir erzählt, dass sie dann allerhand Scheußlichkeiten miteinander anstellten. Sicher, sie waren jung und hatten noch nie im Leben etwas sattgehabt, darum waren sie körperlich hungrig und gierig. Heute verstehe ich das gut, aber damals habe ich die Nase gerümpft. Mit so etwas Abscheulichem wollte ich nichts zu schaffen haben, sagte ich zu dem Mädchen, daraufhin haben sie mich alle erst gepiesackt und aufgezogen und später links liegenlassen.

Einer der Jungen allerdings ist mir noch eine Zeitlang nachgelaufen, er war groß und hatte weißblondes Haar, er wohnte in unserer Straße und passte mich oft ab, wenn ich abends vom Atelier kam. Seine Schultern waren breit und seine Hände rot, er lernte bei einem Maurer. Wenn er seine Arbeitskleidung nicht anhatte, fiel richtig auf, wie unbeholfen er war; er wusste nicht, wohin mit sich. Ging er neben mir her, dann beugte er sich zu mir herab, als würde er mich brauchen, aber ich hatte Angst vor ihm, deswegen schlüpfte ich rasch durch die Tür, wenn wir zu unserem Haus kamen.

Ein paar Monate lang ging das so, er lief neben mir her, ohne ein Wort zu sagen, aber dann kam er nicht mehr, weil das Dienstmädchen vom Fischgeschäft keine Bedenken hatte, mit ihm zum Deich zu gehen. Da tat es mir doch leid, dass ich wieder allein gehen musste.

Der Handelsvertreter kam jede Saison zu Madame Loué, der Französin. Eigentlich war er kein gewöhnlicher Vertreter, sondern der Sohn eines Firmeninhabers. Im Sommer trug er einen Panamahut und im Winter einen lustigen Samthut, dessen Krempe er herunterschlug. Weil er einen kleinen schwarzen Schnurrbart hatte, weiß ich nicht mehr so recht, wie sein Mund aussah. Als ich den später auf meinem spürte, merkte ich erst, dass er im Grunde ein gewöhnlicher junger Mann war – aber anfangs fand ich ihn sehr besonders.

Wenn er kam, wurden als Erstes seine Koffer

ausgepackt, er brachte die Novitäten, Damast und Samt und Tüll mit schimmernden Perlen und Pailletten. Es war ein festlicher Anblick, wie er die schönen Stoffe aus den Koffern holte und über seine Hände drapierte. An solch einem Tag, er war gerade beim Auspacken, kam ich mit der Arbeit nicht voran, weil ich immerzu hinschauen musste. Die erste Näherin stand neben Madame und half beim Auswählen, ich beneidete sie glühend. Die drei lachten viel, dabei blieb er aber stets sehr zuvorkommend und unterwürfig. Später fiel mir auf, dass er sich immer ein wenig unterwürfig gab, bei allen, was daher rührte, dass er Kaufmann war. Aber seine gute Laune, das war ganz er, damit ging er durchs Leben.

An dem Tag, als er mit der Frühjahrskollektion kam, saß ich in einer Ecke des Ateliers, ein weißes Tuch über meine Knie gebreitet, weil ich an einer Brautschleppe arbeitete. Von dem weißen Stoff und dem weißen Licht taten mir die Augen weh. Und auch, weil ich die Nacht davor wieder nicht geschlafen hatte. Wegen Lientje.

Warum nur hat sie geboren werden müssen? Warum musste mein Vater mit seinem gelähmten Körper Mutter so lange bedrängen, bis sie wieder ein Kind bekam? Ich wusste ja, dass er so war, trotz seines bleichen frommen Gesichts, ich kannte ihn durch und durch, auch wenn ich fast nie mit ihm sprach; ich konnte mit eigenen Augen sehen, wie er war, und ich hörte durch die dünne Bretterwand, wie er nach Mutter rief, die immer kam.

Ich wusste Bescheid, was sich zwischen meinen Eltern abspielte – wenn man in der Schule solche Sachen erzählt bekommt, schiebt man das weit von sich, vor allem, was die eigenen Eltern angeht. Aber wenn man sie zu Hause hört, dann weiß man: Es ist so – und zugleich weiß man, dass alle Menschen, ohne Ausnahme, so heimlichtuerisch und gierig sind und dass man selber wohl auch werden muss wie die anderen.

Mutter war schon ganz grau, als Lientje auf die Welt kam – wenn sie das Kind zum Trinken auf den Schoß nahm, hätte man sie glatt für die Großmutter halten können. Sie blieb nach der Geburt auch schwach und bleich, sie wurde nie mehr richtig gesund – später, vor ihrem Tod, hat sie mir viel erzählt.

Aber damals wusste ich nur, dass eine neue furchtbare Katastrophe über mich hereingebrochen war – weil Mutter kränkelte, konnte sie das Kind nachts nicht bei sich haben, die Wiege wurde neben mein Bett gestellt.

Ich hatte keine Nächte mehr und überhaupt

keine Zeit für mich allein. Der Tag ging ohnehin schon für andere drauf, im Atelier musste ich für die Damen arbeiten und abends zu Hause für Mutter und die Kinder, ich flickte und nähte für die ganze Familie.

Die Nächte dagegen, in denen ich mich vor allen anderen zurückziehen konnte, die hatte ich damals wenigstens noch. Aber jetzt stellte Mutter abends die Metallwiege neben mein Bett – ich konnte nie mehr ganz für mich sein. Immer wieder war da ein leises Geräusch, als ob bei mir geklopft würde, und mitten in der Nacht wurde mir dann klar: Das Kind steht hier bei mir.

Nie mehr wachte ich ausgeschlafen auf. Bei der Arbeit hatte ich das Gefühl, gestern und heute wären ein einziger langer Tag, der niemals aufhörte. Ich konnte nicht mehr mit den Mädchen lachen, sondern musste die Zähne zusammenbeißen, damit ich nicht gähnte.

Gähnen Sie jetzt auch, Schwester?

Dann erzähle ich lieber von Groenmans weiter, das ist gewiss interessanter für Sie.

An dem Vormittag, mit der bestickten Seidenschleppe auf den Knien, war mir zumute, als müsste die Welt untergehen. Im Anprobezimmer nebenan standen Madame, die erste Näherin und der junge Groenmans, sie lachten immer wieder, und jedes Lachen schnürte mir den Hals weiter zu, ich konnte nicht mehr schlucken. Durchs Fenster fiel weißes Licht auf die weiße Schleppe und das weiße Tuch, nur meine Hände mit den zerstochenen Zeigefingern regten sich inmitten des vielen Weiß. Und dann, mit einem Mal, schlossen sie sich um die weiße Seide, ich knüllte sie zusammen.

Natürlich erschrak ich und strich die Schleppe über den Knien wieder glatt – keine Ahnung, was in mich gefahren war. Im gleichen Moment schaute Madame durch die offene Tür und sagte: »Komm doch mal her, Leentje!«

Mir schlug das Herz bis zum Hals, weil ich glaubte, sie hätte mich beobachtet. Aber sie hatte nur gerufen, weil sie etwas brauchte, um zu sehen, wie die Pelze fallen.

Da stand ich dann mitten im Anprobezimmer, Madame und Groenmans hängten mir die Pelze um, und was gekauft war, legte Madame beiseite, über die Lehne des schwarzen Plüschkanapees. Fuchs- und Marderpelze waren es und noch andere Sorten, die man auch im Sommer trägt – rein zum Vergnügen und weil es sich kokett macht.

Endlich waren sie mit den Pelzen fertig, aber da sagte Groenmans: »Jetzt habe ich noch etwas ganz

Besonderes.« Er öffnete eine flache Schachtel und hängte mir einem Mantel um die Schultern, wie ich ihn noch nie gesehen hatte: ein Cape aus Goldbrokat. Und dazu legte er mir einen Wellenkragen aus Hermelin um.

Ich konnte mich selber nicht sehen, richtete mich aber in meiner Pracht hoch auf und bog elegant die Arme, damit das herrliche Stück angemessen zur Geltung kam. Madame trat ein wenig zurück und betrachtete den Mantel, Groenmans dagegen betrachtete mich.

Seine Augen hielten mich fest, ich stand ganz still und aufrecht da und erwiderte den Blick. Da fiel mir auf, dass er mich genauso ansah wie früher mein Spiegelmädchen – verwundert über den Anblick.

Später habe ich mich an diese Blicke gewöhnt; wenn ich durch die Einkaufsstraßen ging, sahen alle Männer mich so an und auch manche Frauen. An dem Vormittag aber geschah es das erste Mal, und das war für mich wie die Entdeckung einer neuen Welt.

Während Groenmans die Koffer wieder einpackte, machte er Madame Komplimente, er schenkte ihr auch einen Spitzenschal, die meisten Vertreter verschenkten kleine Luxusartikel, wenn sie eine Bestellung aufgenommen hatten. Mir gab er nichts, doch als Madame kurz aus dem Zimmer war, sagte er: »Hier ist nichts für dich dabei. Aber ich wohne im Royal.« Dabei schaute er mich prüfend an, ob ich auch verstanden hatte.

Ich hatte verstanden, keine Frage, schließlich wusste ich in der Welt Bescheid. Ich war absolut nicht verlegen und auch nicht wütend auf ihn, sondern sogar ein bisschen stolz, glaube ich, weil er mich für eine erwachsene Frau ansah, die er haben wollte. Sie müssen sich vorstellen, dass er ganz anders war als die jungen Männer in unserer Stadt, er hatte Manieren und einen Samthut, und er hatte mich so in den Abendmantel gehüllt, dass ich aussah wie auf einem Modebild. Geschickte Finger hatte er wirklich.

Ich verspürte eine seltsame Überraschung, als er das mit dem Royal sagte. Ich dachte: So. Jetzt ist es so weit.

Aber hingehen würde ich selbstverständlich nicht, das war ein Ding der Unmöglichkeit. Das Royal war das einzige große Hotel der Stadt – ich konnte dort nicht einfach nach Meneer Groenmans fragen – am nächsten Tag würde jeder davon wissen. Darum gab ich keine Antwort, sondern schaute ihn nur an, und er schien zu ahnen, was ich dachte. Nämlich, dass ich durchaus hingehen würde, wenn keiner es erfuhr. Meine Neugier war groß.

Junge Mädchen, die zu Männern gehen, sind nicht schlecht, ganz gewiss nicht. Und hässlich ist so etwas auch nicht – ich habe nicht oft etwas Hässliches gemacht. Aber ich war irgendwie verunsichert – ich war jetzt erwachsen, eine Frau. Das geschieht einem ganz plötzlich. Man passt nicht mehr in seine Kleider, weil sie um die Brust spannen, und man merkt, dass man völlig anders geworden ist, dass man für etwas gemacht ist, und man sucht in alle Richtungen, wofür genau.

Und dann findet man natürlich etwas, weil man nun einmal etwas finden will.

Ich jedenfalls fand Groenmans, der mich anschaute und mit dem, was er sah, sehr zufrieden war, ich empfand Stolz, es war ein Gefühl wie innerlich auf Zehenspitzen stehen.

An dem Abend bin ich natürlich nicht hingegangen. Stattdessen habe ich zu Hause aus einem Unterrock meiner Mutter ein Kleid für meine Schwester genäht – ich sehe den verwaschenen rosa Flanell noch vor mir. Und dabei dachte ich immer wieder: Lustig, jetzt glaubt er womöglich, dass ich komme – vielleicht bedauert er es ja, dass ich nicht komme – aber ich komme nicht.

Ich erzähle Ihnen nun etwas, was ich noch keinem Menschen erzählt habe. Wahrscheinlich, weil ich es vergessen wollte. Ich hätte es auch beinahe vergessen ... wenn ich jetzt nicht daran denken müsste.

Wissen Sie, warum ich später doch zu diesem Groenmans gegangen bin? Weil ich Angst hatte, ich könnte Lientje ersticken.

Jetzt müssen Sie zuhören. Mein Gott, warum hören Sie nicht zu? Es ist schlecht von Ihnen, mich immer nur reden zu lassen – ich höre doch auch den ganzen Tag Mevrouw Dieken zu, warum können Sie nicht eine kurze Nacht lang mir zuhören?

Ist es denn so schlimm zuzuhören, wenn ein anderer etwas erzählt, was er nur ein Mal im Leben erzählen kann? Stellen Sie sich einfach vor, Sie wären ein Engel, der in die Hölle blickt, Schwester! Sie könnten sehr gut ein Engel sein mit Ihrem gescheitelten Haar und der geraden Nase. Aber Sie müssten Licht um den Kopf und in den Augen haben – ein echter Engel, der über der Hölle schwebt und zuhört, muss sanfte durchscheinende Augen haben, vielleicht, dass eine Träne herausfällt.

Lientje hatte solch glänzende durchscheinende Augen. Sie sah jeden an, hörte jedem zu und horchte auf alles; wenn irgendwo eine Katze einen Vogel jagte, hörte sie das sofort, und wenn sie mit unserem alten Küchenabfallsammler sprach, streichelte der seinen Esel.

Jetzt verstehen Sie gar nichts mehr, was? Lassen Sie mich einfach reden. Im Grunde bin ich wohl doch ein bisschen verrückt.

Ja. Ich bin nicht aus Neugier hingegangen, das war es nicht – ich konnte schon warten. Und auch nicht aus Verliebtheit – oder weil es mich so nach schönen Kleidern und nach Geld verlangte, das ich für mich allein ausgeben durfte. Ich ging hin, weil ich so furchtbar Angst hatte.

Es war schon fast Hochsommer, die Nächte wurden kürzer und die Tage heiß und feucht. Da kriegte Lientje eine Darmentzündung, nicht allzu schlimm, aber sie wachte oft weinend auf und musste Reisschleim aus dem Fläschchen bekommen. Ich musste aufstehen und das Fläschchen in warmes Wasser halten, bis es sich am Handrücken angenehm anfühlte, das hatte mir die Gemeindeschwester beigebracht, die Vater jeden Tag bettete.

Eine ganze Woche lang habe ich Nacht für Nacht Reisschleimfläschchen gewärmt, hin und wieder trank Lientje auch ein wenig. Aber immer, wenn ich sie in die Wiege gelegt hatte und glaubte, alles getan zu haben, was ich tun konnte, jammerte sie weiter herum. Und kurz darauf fing sie wieder zu weinen an – mir blieben nur noch kleine Fitzelchen Schlaf.

Zum Ende der Woche hin war ich völlig leer im Kopf. Bei der Arbeit im Atelier schmerzte mich das Tageslicht. Der Schmerz ging nur bis zu den Augen, dahinter war ja nichts mehr, und kaum machte ich die Augen kurz zu, sank ich in mich zusammen. Und davon wiederum schreckte ich gerade so weit hoch, dass ich weiterarbeiten konnte, nur sah ich nicht mehr, was ich nähte.

Als Lientje in der Nacht darauf wieder weinte, saß ich aufrecht im Bett und weinte mit, genau im An- und Abschwellen ihres Gejammers, sie war nie sonderlich laut, die anderen wurden davon nicht wach.

Das jämmerliche Geheul – jetzt höre ich es wieder –, es drang durch die Dunkelheit zu mir, und ich musste mitmachen, meine Tränen liefen von allein.

Aber dann hörte es auf – ich dachte: Sie ist eingeschlafen, und ich lauschte, mucksmäuschenstill saß ich da und hoffte so sehr, dass auch ich schlafen durfte!

Da, auf einmal, als ich mich gerade vorsichtig auf das Kissen sinken ließ, stieß sie einen Schrei aus, ganz spitz – ich weiß nicht mehr, was danach war – ich will es nicht wissen – es ist vorbei – nichts ist passiert, außer dass Lientje am Leben blieb.

Warum habe ich mir das nicht gemerkt, warum

durfte ich mir das nicht merken? Es war doch ganz furchtbar, ein so grausiger Schreck, als meine Finger sich um den zarten Hals schlossen, warum durfte ich mir diesen Schreck nicht merken? Dann wäre nichts passiert.

Musste es denn passieren?

Ich konnte das Heulen des kranken Kindes nicht mehr hören. Ich habe Lientje losgelassen, ich empfand weder Bedauern noch Reue, nur furchtbare Angst. Ich bin ans äußerste Ende der Bettstatt gekrochen, ganz unter die Decke, und dort bin ich eingeschlafen, das Kind habe ich die ganze Nacht nicht mehr gehört. Aber Mutter sagte am nächsten Morgen, sie sei aufgestanden, weil Lientje so laut schrie und ich einfach weitergeschlafen hätte.

An dem Vormittag kam Groenmans mit der Winterkollektion. Ich sah ihn vom Fenster aus auf der Straße, er ging immer munteren Schritts, er hatte auch eine helle gesunde Gesichtsfarbe, der schwarze Schnurrbart bildete einen lustigen Gegensatz zu seinen roten Lippen.

Dann sah ich mich selber im großen Spiegel an. Ich war bleich und hatte dunkle Schatten um die Augen.

Er kam herein, ohne mich zu bemerken, und packte gleich mit Madame aus, sie hatten ihren

Spaß zusammen. Seltsam, es gibt Leute, die können lachen, als wäre da nichts, was sie hindert. Einfach lachen über einfache Dinge. An dem Tag brauchte ich nichts anzuprobieren, ich nähte an einem Trauerschleier, das eilt immer. Den ganzen Tag arbeitete ich an dem Schleier aus schwarzem Krepp, er war für eine junge Witwe und sollte bis zum Boden reichen.

Bevor Groenmans wieder ging, lächelte er mich an, kam her und gab mir die Hand; zu Madame sagte er: »Ihr kleines Mannequin sieht aus, als hätte es Kummer!«

»Nicht ihres Mannes wegen«, gab Madame zur Antwort und lachte.

Er lachte ebenfalls, aber zu mir gewandt, er machte eine leicht geheimnisvolle und verschmitzte Miene und meinte: »Das kommt schon noch.«

Und dann ging er. Aber draußen auf der Straße winkte er zum Fenster hoch, an dem ich saß.

Am Abend um zehn Uhr stellte Mutter die Wiege mit Lientje neben mein Bett. Und um halb elf, nachdem ich mit offenen Augen auf den ersten Jammerton gewartet hatte, stand ich auf, weil ich das Gefühl hatte, meine Hände wollten etwas zerdrücken, und das machte mir furchtbar Angst.

Ich habe mich im Dunkeln angezogen und bin ganz schnell ins Royal gelaufen. Der Kellner, der mich nach oben bis vor die Zimmertür brachte, schaute verwundert drein. Er kannte jeden in der Stadt – aber er stellte keine Fragen.

Groenmans saß am Tisch, vor sich ein großes Glas Bier, und war dabei, Bestellungen in sein Auftragsbuch zu übertragen. Auch er schaute verwundert drein, er zog die Brauen zusammen, denn er war ein wenig kurzsichtig – dann stand er auf – jetzt ist mir klar, dass er nicht recht wusste, was tun. Aber weil er Manieren hatte, nahm er meine Hand und küsste sie sehr zuvorkommend, dann holte er einen Stuhl für mich und schob die Bestellzettel beiseite, wirkte dabei aber, als wollte er möglichst rasch damit weitermachen.

»Na, Puppe?«, sagte er nur.

Da wusste ich nichts mehr. Nur noch, dass ich ganz furchtbar verängstigt und allein war. Ich wollte mich einfach in seine Arme schmiegen, das war alles.

Aber er zog mich nicht an sich. Er stand vor mir und legte die Hände auf meine Schultern, dann ließ er sie an meinen Armen herabgleiten und lachte ein wenig verlegen.

Einmal habe ich einen Pfarrer im Jungmädchenverein sprechen hören – über die Verlockungen der Welt und die Schlechtigkeit der Männer, er geriet in flammenden Eifer darüber. Aber was er sagte, war

Unsinn. Unsinn. Die Männer sind nicht schlechter als wir, sie wollen keinem etwas Böses, sondern nehmen sich eben, was sie kriegen können. Es wäre ja auch ein Wunder gewesen, wenn ich bei meiner Flucht in die Welt hinaus zufällig an einen Heiligen geraten wäre.

Groenmans war kein Heiliger; als seine Hände über meine Arme glitten, wurde er rot im Gesicht.

Aber noch immer benahm er sich manierlich. Er fragte, ob ich etwas trinken wolle, dann klingelte er nach dem Kellner, bestellte ein Glas Maiwein und sagte zu ihm: »Die junge Dame möchte sich noch ein paar Muster ansehen.«

Ich war wirklich froh um seine Manieren, er hatte bemerkt, dass der Kellner mich kannte.

Während wir auf den Wein warteten, ging Groenmans mit den Händen in den Taschen im Zimmer auf und ab. Plötzlich blieb er vor mir stehen und sagte: »Zu dumm, dass du so spät gekommen bist, ich muss morgen früh raus und zum ersten Zug.«

Ich erschrak, hatte ich doch gar nicht überlegt, ob es ihm recht war, dass ich kam. Wenn er am Morgen um sechs am Zug sein und vorher noch seine Bestellungen abarbeiten musste, war es ihm sicherlich lästig, dass ich bei ihm saß.

Ich wollte aufstehen und weggehen; zwar wusste

ich nicht, wohin, aber ich konnte unmöglich bei einem Fremden bleiben, der Eile hatte.

Als er merkte, dass ich gehen wollte, kam er zu mir; er legte mir wieder die Hände auf die Schultern und drückte mich auf den Stuhl zurück, ich solle sitzen bleiben, hieß das, er blickte halb verstohlen zur Tür und sagte: »Du musst doch erst deinen Maiwein trinken.«

Sein Gesicht war nah an meinem, ich schaute direkt in seine Augen – und ich sah etwas, etwas noch Unbekanntes – es war, als würde in seinen Augen etwas flackern.

Später habe ich das noch oft bei Männern gesehen, die mich anschauten – ich fand es immer sehr hässlich. Aber fast alle Männer, die mir nahekamen, hatten diesen Blick.

Bis auf Hannes – bei ihm war das nicht so, er hat mir direkt und fest in die Augen geschaut – als ob die Sonne aufgeht.

Erst später, sehr viel später, als auch Hannes diesen Blick hatte, ist mir der Zusammenhang klar geworden.

Mein Gott, mein Gott, warum lässt du zu, was auf der Welt passiert? Warum hilfst du uns nicht? Wie sollen wir deinen Willen tun, wenn du nicht sagst, was du willst?

Nein, ich bekomme keinen Anfall. Bestimmt hundertmal in meinem Leben habe ich Gott nach seinem Willen gefragt – nur nicht laut. Aber heute Nacht muss ich alles laut sagen – ich höre mir selber zu.

Der Kellner hatte den Wein auf einem Nickeltablett gebracht. Ich trank ihn natürlich, genoss es aber nicht, Wein war schließlich etwas sehr Besonderes, dachte ich, und das hier war ganz anders als erwartet.

Ach ja, so war dieses ganze Abenteuer. Nichts war so wie erwartet.

Als ich seine Lippen auf meinem Mund spürte, fand ich das nur seltsam, weil er doch ein Fremder war, ich spürte seine Hände am ganzen Körper und nahm es ihm, glaube ich, ein wenig übel, dass er erst so genau erfühlen wollte, was er in den Armen hatte. Als ich später in meinen zerknitterten Kleidern neben ihm auf der Bettkante saß, dachte ich, dass der Junge mit den weißblonden Haaren mich vermutlich ganz anders geküsst hätte.

Groenmans saß ganz normal da, ein bisschen unterwürfig sogar. Er strich mir übers Knie, er war tatsächlich verlegen und sagte: »Wenn ich gewusst hätte, dass dich noch keiner geküsst hat, dann hätte ich dich nach Hause geschickt.«

Ich sagte nichts, es gab nichts zu sagen, Unnötiges sage ich nie. Ich wusste nur, dass ich keine Lust hatte wegzugehen – mir kam auch gar nicht in den Sinn, dass ich eigentlich nach Hause müsste – ich konnte nirgendwo anders sein als da, wo ich war.

Aber Groenmans stand auf und ging zum Tisch, dort zog er seine Armbanduhr auf und legte sie neben den Füllhalter und das Auftragsbuch. Dann fing er an, sich bettfertig zu machen, und mir fiel plötzlich ein, dass ich nicht in einem Hotelzimmer übernachten konnte, das ein anderer für sich gemietet hatte.

Das war der furchtbare Moment. Da wurde ich wach. Ich blickte mich um und sah alles, jedes einzelne Möbelstück habe ich noch heute vor Augen. Es waren polierte Hotelmöbel, die allerdings nicht zusammenpassten, denn der Schrank war aus Eichenholz und die Stühle aus Gelbkiefer. Die Lampe war ein gefirnisster Kupferring mit rosa Glaskelchen, Fliegendreck klebte daran. Und beim Tisch stand Groenmans, inzwischen in seiner hellblauen Trikotunterwäsche.

Dort, mitten im Zimmer unter der Lampe, saß ich und weinte ganz laut, wie ein kleines Kind habe ich geheult, ich konnte nicht mehr aufhören. Ganz so wie damals, als der schöne rote Luftballon davongeflogen war, den Mutter mir gekauft hatte.

Ich glaube, Groenmans ging herum und prüfte, ob die Tür und die Fenster auch gut zu waren. Danach kam er zu mir, er war ein wirklich gutherziger Mensch, er legte den Arm um mich und sagte immer wieder: »Ruhig, Küken, ganz ruhig.«

Als ich endlich ruhig geworden war, fragte er: »Solltest du jetzt nicht nach Hause?«

Da bekam ich doch noch einen Schreck, ich schüttelte den Kopf – ja, und dann habe ich mich in seine Arme geschmiegt, ich musste es einfach jemandem sagen, all das Furchtbare zu Hause – außer dass ich das Kind hatte erwürgen wollen, daran dachte ich überhaupt nicht mehr.

Ich saß auf seinem Knie und erzählte und erzählte – aber er gähnte – so wie Sie vorhin, Schwester.

Er schob mich von seinem Knie, stand auf und reckte die Arme. Dann fasste er mich unterm Kinn und sah mir ins Gesicht, eigentlich betrachtete er mich ganz – dann lächelte er ein wenig perplex und fragte: »Ja, was mache ich denn nun mit dir?«

Ich schaute ihn an, ich erwartete etwas von ihm – schließlich war ich zu ihm gekommen.

Er ging zum Tisch und warf einen Blick auf seine Uhr. Dann nahm er fünf Gulden von dem Häufchen Geld, das er zuvor aus der Westentasche geholt und neben die Uhr gelegt hatte, und sagte:

»Weißt du was, Puppe, jetzt können wir nicht länger reden, aber am Sonntag treffen wir uns in der Großstadt, dann führe ich dich aus. Sieh zu, dass du um zwölf vor dem Hauptbahnhof bist. Das hier ist für deine Fahrtkosten.« Und er gab mir die fünf Gulden.

Ich hielt das Geld in der Hand, es wurde warm darin, ich hatte keine Börse dafür. Eine kleine Weile sah Groenmans mich an, dann zupfte er mein Kleid zurecht und sagte mit einem Augenzwinkern: »Streich dir am besten das Haar glatt, sonst sehen die unten, was du getrieben hast.«

Ich bin mit seinem Kamm durch mein Haar gefahren, mir war wieder bewusst, dass niemand etwas merken durfte, ich habe auch mit seiner Kleiderbürste die Deckenfusseln von meinem Kleid entfernt. Da fiel ihm wahrscheinlich auf, dass ich mitten im Sommer ein verwaschenes Wollkleid anhatte – er machte wieder sein Gutelaunegesicht wie bei den Kunden, wenn er ihnen zu behagen versuchte und gleichzeitig alles registrierte, was für einen Kaufmann wichtig ist.

Er nahm eine flache weiße Schachtel aus seinem Koffer – ich wusste, was darin war – eine *robe miconfectionnée* nannte Madame es, sie hatte welche von diesen Schachteln bestellt. »Mach dich schön am Sonntag«, sagte er.

In der Schachtel war dünne grüne Seide mit Stickereien aus weißem Seidengarn. Gerade genug Stoff für ein Kleid, und die Falten waren bereits gelegt, ich brauchte nur die Nähte auszuführen.

Da stand ich also, in der einen Hand die fünf Gulden und in der anderen ein seidenes Sommerkleid … aber ansonsten fühlte ich mich völlig leer.

Ich weiß auch nicht mehr, was ich alles gesehen und gehört habe, bevor ich wieder neben Lientjes Wiege in meinem Bett lag. Ich bin, glaube ich, mehrmals ums Haus herumgegangen, ich erinnere mich vage an die hallenden Schläge unserer Wanduhr drinnen und dass ich bei jedem Schlag die Hand fest um die harten Münzen schloss. Jedenfalls wachte ich am Morgen in meinem eigenen Bett auf. Niemand hatte bemerkt, dass ich fort gewesen war – vermutlich hatte Lientje in dieser Nacht zum ersten Mal durchgeschlafen. Und der Kellner hat auch nichts verraten.

Ohne dieses Kleid und das Geld hätte sich nichts geändert – ich wäre auf keinen Fall noch einmal zu Groenmans gegangen, um getröstet zu werden. Nun aber lagen die Pappschachtel und das Geld unter meiner Matratze, und ich hatte versprochen, am Sonntagmittag um zwölf vor dem Hauptbahnhof zu sein.

Es ist mir keinen Moment in den Sinn gekommen, dass ich Groenmans am Bahnhof warten lassen könnte, dass ich nicht hinbrauchte, wenn ich nicht wollte – ich stamme aus einer anständigen Familie, wo man sich an einmal Abgemachtes hält. Wenn Mutter sich von der Konservenfabrik, für die sie Krabben pulte, einen Vorschuss auf ihren Lohn hatte geben lassen, arbeitete sie manchmal bis zwei in der Nacht, um ihren Rückstand aufzuholen. Und ich hatte das Kleid und die Gulden angenommen, also war es selbstverständlich, dass ich beides für unser Treffen verwendete.

Es war nicht weiter schwierig, am Sonntag fortzukommen – nichts war schwierig, später dachte ich manchmal, dass mein Leben wohl lange im Voraus festgelegt war – nie stand etwas im Weg, wenn ich etwas wollte ... seltsam ist das ...

Weiter! Das Kleid habe ich nachts zusammengenäht, vor unserem Haus war eine Straßenlaterne, und durchs Dachfenster fiel gerade genug Licht. Und der Sonntag war der erste Tag einer Jubiläumswoche, von was oder wem erinnere ich mich nicht mehr, dafür weiß ich noch, dass das Rathaus und der Turm jeden Abend beleuchtet waren, eine ganze Woche lang, und am Mittwochabend sollte eine Lichterfahrt mit Gondeln stattfinden. Als ich Mutter am Sonntagmorgen fragte, ob ich mir belegte Brote mitnehmen und abends etwas später nach Hause kommen dürfe, machte sie keine Einwände.

Ich ging aus dem Haus, einen Mantel über dem leichten Kleid und die eingewickelten Brote unterm Arm. So kam ich in der Stadt an, und als Groenmans mich sah, lachte er über das Zeitungspapierpäckchen, und er lachte noch mehr, als ich sagte, darin seien meine Brote. Auf dem Weg in die Stadt hinein hat er das Päckchen in eine Gracht fallen lassen, das befremdete mich sehr, es war doch Brot mit Butter.

An dem Tag habe ich mich doch ein wenig in ihn verliebt. Er ging so selbstbewusst durch die Straßen, er wusste genau, welche Trambahnen wir nehmen mussten, und im Café las er vor dem Bestellen die Speisekarte. Er aß seine Brötchen mit Messer und Gabel, das fand ich sehr vornehm, und allmählich begriff ich, wie nett es von ihm war, ein Mädchen aus einem Provinzstädtchen auszuführen. Am Nachmittag waren wir in einer Gastwirtschaft, es hatte zu regnen angefangen, darum saßen alle drinnen, wo geraucht wurde. Auf dem Podium stand ein Herr und sang, er war bleich im Gesicht und trug ein Monokel, und seine Lieder waren ordinär, die Leute in dem großen Saal lachten lauthals – das fand ich schon damals sehr hässlich. Die Städter, so dachte ich, müssten krank werden, wenn sie dauernd im Rauch und im Lärm saßen, aber als ich Groenmans' munteres Gesicht betrachtete, verstand ich, dass auch dort gut leben war.

Bei einem der Lieder sangen alle den Refrain mit, auch Groenmans, der ganze Saal grölte:

Und mach dir nichts draus,
Mach dir nichts draus,
Heute oder morgen bist du tot,
Und dann ist alles aus!

Nach dem Singen wirkten die Leute wie erfrischt, sie lachten noch ein Weilchen, und Groenmans bestellte für uns beide Bier. Ich hatte aber nicht gesungen, und das Glas war mir zu groß.

Groenmans beim Biertrinken zuzusehen war wiederum vergnüglich. Er hielt das Glas dicht ans Gesicht, dann wurde das Bier am Rand weniger, und als er schließlich aufblickte, hatte er Bierschaum im Schnurrbart – er holte tief Luft und sagte: »Holla, hatte ich einen Durst!«

Wir haben an dem Tag nicht viel miteinander geredet, obwohl er mir versprochen hatte, am Sonntag dürfe ich ihm alles Weitere erzählen. Aber das hatte er anscheinend vergessen. Wir waren noch zum Essen in einem Restaurant, und danach führte er mich auf ein Zimmer, wo er mich küssen konnte.

Diesmal war ich bereit, ihn zurückzuküssen – da lachte er mich halb aus und sagte: »Hör mal, ich bin doch nicht dein Opa – dir muss ich erst mal beibringen, wie man richtig küsst.«

Seltsam – das ist mir immer geblieben. Küssen, so, wie ich es von ihm gelernt habe.

Als er mich zum Zug brachte, hakte er mich fest unter, er hatte sich, glaube ich, an dem Tag gut amüsiert. Wir standen Arm in Arm vor dem Bahnhof, und er wollte wissen, wann ich wiederkäme.

Ja, erst da wurde mir klar, dass mein Leben sich völlig ändern würde, ich begriff schlagartig, dass ich nicht bei Mutter und Madame würde bleiben können, falls das mit Groenmans weiterging.

Seltsam ist das, es gibt Augenblicke, in denen hat man tatsächlich die Wahl. Damals vor dem Bahnhof erkannte ich glasklar, dass ich die Wahl hatte: unser Städtchen und ein bisschen Mühsal, aber auch Ruhe – oder Groenmans und das Unbekannte.

Niemand hat Schuld an meinem Leben, nur ich selber. Es waren weder die Umstände noch die anderen Leute, da mache ich mir nichts mehr vor. Jetzt, da ich Ihnen alles erzähle, weiß ich es wieder genau – dort auf den Trottoirplatten hatte ich die Wahl.

Ich hatte das nur die ganze Zeit vergessen.

Hören Sie, wie Mevrouw Thysselt schnarcht? Wenn sie erst einmal eingeschlafen ist und schnarcht, kriegt man sie nicht mehr wach, darum bekommt sie morgens schon mal einen kalten Schwamm ins Gesicht gedrückt.

Tagsüber macht sie sich selber furchtbar müde. Sie sehen Mevrouw Thysselt tagsüber nie, Schwester, es ist wirklich schlimm anzusehen. Sie sitzt aufrecht im Bett und schwankt mit dem Oberkörper hin und her, nach links und nach rechts und von rechts wieder nach links, immer der gleiche Rhythmus, und dabei singt sie vor sich hin: »Ach, was war ich dumm, ach, was war ich dumm.« Ganz schläfrig hört sich das an, und sie nimmt auch so gut wie nichts wahr, ihre Pupillen sind starre schwarze Punkte. Stundenlang geht das so, dieses Hin- und Herschwanken und Singsang.

Als ich erst kurz hier war, wollte ich, dass sie damit aufhört, weil ich glaubte, sie könnte aufhören. Ich bin zu ihr hin und dachte, wenn ich frage, warum sie so dumm war, schaue sie mich vielleicht an.

Sie gab aber keine Antwort und wiegte sich weiter hin und her, da habe ich sie ganz fest bei den Armen gepackt – sie sollte mir antworten! – das ist ja nicht zum Anhören den ganzen Tag, wenn man nicht weiß, was sie meint! Ich hielt sie so, dass sie stillsitzen musste, und fragte noch einmal: »Was war denn so dumm von Ihnen?« Und da sagte sie mit ganz normaler Stimme: »Dass ich nicht Lehrerin geworden bin.«

Verstehen Sie das, Schwester? Mevrouw Thysselt ist schon fünfundfünfzig, sie hat eine verheiratete Tochter, eine gutaussehende elegante Frau, die manchmal zu Besuch kommt, ihr Auto steht dann draußen im Garten. Es ist doch bestimmt mindestens vierzig Jahre her, dass Mevrouw Thysselt vor der Wahl stand; können Sie verstehen, dass es ihr jetzt noch leidtut, nicht Lehrerin geworden zu sein?

Ach – vielleicht ja doch. Vielleicht ist ihr erst jetzt aufgegangen, dass sie die falsche Wahl getroffen hat!

Schauen Sie mich nicht so an! Nein! Es ist nicht wahr! *Meine* Wahl war nicht falsch. Ich bereue sie nicht! Wäre ich zu Hause geblieben, so wie meine Schwestern, die heute wohlanständige Bürgerfrauen sind, dann wäre ich Hannes nie begegnet – ich hatte zehn Jahre mit Hannes.

Warum haben Sie geschwindelt, Schwester? Warum haben Sie im Flur zur Oberschwester gesagt, wir würden alle schlafen? Sind Sie etwa neugierig?

Ich weiß noch, wo ich stehengeblieben bin.

Wir gingen auf den Bahnsteig. Groenmans hatte

mich untergehakt, der Zug stand schon bereit, und ich wollte einsteigen. Da sagte er: »Na los, sag schon, wann du wiederkommst.«

Wie sollte ich das wissen? Ich konnte doch nicht einfach wieder einen ganzen Tag von zu Hause wegbleiben. Plötzlich kam mir ein Gedanke, den ich noch nie zuvor gehabt hatte, und da wusste ich: Genau das will ich. Ich sah Groenmans und die offene Waggontür und antwortete: »Sobald du eine Stellung in der Stadt für mich hast.«

Noch heute sehe ich vor mir, wie er mich anschaute. Als würde er eine Rechnung aufstellen – so guckte er auch, wenn Madame ihm ein Angebot für ein Modellkleid machte. Und dann lächelte er ebenso freundlich und zuvorkommend wie im Anprobezimmer, wenn er das Modellkleid zu den anderen Käufen legte. Er nickte mir erfreut zu und sagte: »Wird gemacht.«

Er hat mit mir verabredet, dass ich am Abend der Gondelfahrt auf ihn warten sollte, und schon an dem Abend hatte er eine Stellung für mich, ich könne im Herrenmodengeschäft seines Freundes Verkäuferin werden, sagte er.

Ja, so hat das Leben für mich angefangen, ganz normal, wie für Millionen und Abermillionen Mädchen. Es ist absolut nichts Erstaunliches daran, früher habe ich nie darüber nachgedacht, was im

Leben bedeutsam ist. Erst jetzt, da ich es erzähle, wird mir klar, dass alles, was ich erlebt habe, geschehen ist, weil ich meine Wahl getroffen hatte.

Es war nicht einmal schwierig, Mutter zu sagen, dass ich eine Stellung annehmen wollte. Es war überhaupt nicht mehr schwierig, Mutter etwas zu sagen – sie rechnete ohnehin immer damit, dass etwas Schmerzliches geschehen würde, man merkte ihr nicht mehr an, ob sie den Schmerz stark empfand.

Aber Vater war dagegen. Er sah mir an, dass es wohl um mehr ging als um eine Stellung, seine hellblauen Augen waren immer noch aufmerksam.

Als ich Mutter am Abend nach der Gondelfahrt sagte, ich könne in der Stadt als Verkäuferin anfangen, presste er die Lippen zusammen, er wartete erst ab, was Mutter sagen würde.

Sie saß mir gegenüber am Tisch unter der Petroleumlampe, die Flamme wurde schon kleiner, weil ich spät nach Hause gekommen war. Aber dazu hat Mutter nichts gesagt. Sie hatte die Ellbogen aufgestützt und das Kinn in die Hände gelegt – damals saß sie immer so da, als ob sie eine Stütze bräuchte.

Natürlich habe ich ihr nicht alles erzählt. Ich sagte nur, ein Geschäftspartner von Madame wisse eine gute Stellung für mich – ich könne vierzig Gulden im Monat verdienen, Kost inbegriffen – und davon könne ich bestimmt zwanzig nach Hause schicken, also gerade so viel, wie ich bei Madame verdiente.

Ich erklärte alles, ich redete viel mehr als sonst, wenn ich mit Mutter sprach. Und ich merkte, dass sie mich verstand, dass sie mich in die Stadt lassen wollte, damit eine Dame aus mir würde. Als sie fragte, ob ich schon mit Madame gesprochen hätte, wusste ich, dass sie mich nicht zurückhalten würde.

Aber plötzlich streckte Vater die Hand nach mir aus – es war dunkel geworden im Zimmer, der Docht brannte immer weiter herunter –, und er sagte: »Komm her.«

Ich stellte mich neben sein Bett und wusste, ich würde einen Kampf mit ihm ausfechten müssen. Er sah mich an und ich ihn – unsere Blicke ließen einander nicht los. Schließlich sagte er: »Du gehst nicht.«

Und dann beschimpfte er mich – grässlich war das, er nannte mich Flittchen und Schlampe und Hure und das alles in seinem typisch gemächlichen Tonfall. Genau so, wie Juffrouw Smit hier ihr Repertoire schmutziger Wörter aufsagt – Wörter, die sich Straßenjungen nur an die Wände zu schreiben trauen. Juffrouw Smit kann natürlich nichts dafür, die Wörter kommen einfach in ihr hoch, wenn sie einen Pfleger oder Arzt durch den Garten gehen sieht. Aber Vater wusste sehr wohl, was er sagte, er kostete jedes Wort aus. Er würde mich durchschauen, sagte er – er fasste meine Bluse an, der ein Knopf fehlte, und er schnippte mit dem Finger eine lose Haarnadel aus meinem Zopf, die auf den Boden fiel.

Mutter saß mit geschlossenen Augen am Tisch. Aber ich stand vor Vater, ich schaute ihm direkt in die Augen. Und ich sagte: »Du siehst das genau richtig. Jetzt gehe ich erst recht.«

Natürlich hat er mit der Polizei gedroht, weil ich minderjährig war. Aber darüber habe ich die Schultern gezuckt, ich wusste ja, dass er so etwas nicht machen würde, es hätte ihn selber und unsere wohlanständige Familie in Verruf gebracht. Ich sagte nur, ich würde genauso oft fortlaufen, wie er mich zurückholen ließ.

Da hat er geheult und sich selber bedauert, weil er gelähmt im Bett lag, aber ich hatte kein Mitleid, er heulte ja nicht meinetwegen, sondern weil er seinen Willen nicht durchsetzen konnte. Mit einem Mal wurde er aber ganz ruhig, er würde seine Prüfungen tragen wie Hiob, sagte er. Und danach verfluchte er mich mit feierlichen Bibelworten. Außerdem sagte er voraus, dass auf meinem Leben kein Segen liegen würde. Dabei hielt er wie ein Prophet die Hand in die Höhe – er sagte: »Jetzt bist du verdammt in alle Ewigkeit. Der Gottlosen Weg vergeht!«

Ja. Ich sehe, was Sie denken. Dass der Fluch meines Vaters sich bewahrheitet hat. Unsinn. Sie sind aberglaubisch, Schwester.

Im Zimmer war es inzwischen ganz dunkel geworden, der heruntergebrannte Docht stank nur noch. Da fing Mutter zu reden an.

Sie redete nicht lange. Und war auch nicht unbotmäßig gegen Vater. Trotzdem werde ich ihre Worte nie vergessen.

Sie sagte nur, sie habe lebenslang ihre Pflicht getan. Und sich an die Gebote gehalten. Und auch auf ihrem Leben habe kein Segen gelegen. Und sie würde jeden Abend um Kraft beten, denn sie dürfe ja noch nicht sterben. Der Kinder wegen.

Dann stand sie auf und tastete im Dunkeln nach mir. Sie strich mir mit beiden Händen über den Kopf und an meinem gelösten Zopf entlang, dann über die Arme und die Hüften, und schließlich sagte sie: »Geh ruhig in die Stadt, geh deinen eigenen Weg. Die Wege des Herrn sind unergründlich.«

In dem Moment dachte ich, ich könnte doch bei ihr zu Hause bleiben, mir war danach, mich an ihrer Brust auszuweinen.

Aber das konnte sie nicht ahnen, sie drehte sich

um und ging in die kleine Küche, um die warme Milch für Vater zu holen; Vater bekam jeden Abend seine warme Milch und dazu einen Zwieback.

Als ich ihn die Milch schlürfen hörte, war ich mir sicher, dass es mir am nächsten Morgen leidtun würde, wenn ich jetzt versprach zu bleiben.

Vierzehn Tage später zog ich von zu Hause aus, mit einem kleinen Korbkoffer, in dem alles war, was ich hatte. Bevor ich die Haustür zumachte, stellte ich das Köfferchen kurz ab, weil ich mich noch einmal zu Mutter umsehen wollte, die mit Lientje auf dem Arm in der Stubentür stand. Da fiel mir zum ersten Mal auf, was für ein reizendes Kind sie doch war. Und es wunderte mich, dass ich am Ende unserer Straße doch Tränen in den Augen hatte – wegen Lientje.

Es fühlt sich ganz fremd an, allein in ein leeres Zimmer heimzukommen, wenn man an viele Menschen und Kinderlärm um sich herum gewöhnt ist. Die ersten Abende in dem kleinen Mietzimmer waren sehr schwer für mich, ich saß in einem Korbstuhl an einem fremden Tisch und sah die ganze Zeit, dass darauf kein weißes Wachstuch lag, sondern eine rote Decke. Auch an den Abenden, an denen Groenmans kam, blieb mir alles fremd, wurde fast noch fremder.

Das Einzige, was mir gleich vertraut erschien,

war die Arbeit im Geschäft. Ich genoss den Anblick der Handschuhe und der säuberlich aufgerollten Krawatten in den schönen Mahagonischüben, und wenn ich am Kupfergriff einer Lade zog, in der farbige Oberhemden gestapelt waren, freute ich mich an der Ordnung und dem herrlichen Überfluss.

Ich liebte die glänzende Ladentheke und die roten Plüschsessel, ich träumte von den Spiegeln und den Vitrinen und dem kupfernen Kassengitter. Unter meinen Füßen hatte ich immer einen dicken Teppich, und wochenlang spürte ich mit jeder Faser meines Körpers, dass ich ein Kleid aus schwarzer Seide trug, das mir gut stand.

Wahrscheinlich konnte man mir meine Zufriedenheit ansehen, niemand im Geschäft hat mich je schwierig gefunden. Wir waren vier Angestellte, zwei junge Männer und ich und ein anderes Mädchen, Meneer und Mevrouw arbeiteten auch mit. Das Geschäft war klein und fein, es lag in der besten Einkaufsstraße, und der Umgangston war ruhig und höflich, auch der der Kundschaft. Laute Geräusche hörte man nie, weil alle Scharniere regelmäßig geölt wurden und überall dicke Teppiche lagen. Und wir achteten alle auf ein gepflegtes Äußeres. Als ich ein paar Wochen dort war, wurde mir klar, dass es ein besonderes Glück war, die Stelle bekommen zu haben, und so war es auch – die Verkäuferin, die Meneer zunächst eingestellt hatte, war plötzlich an einer Blutvergiftung gestorben.

Ja. Glauben Sie etwa, arme Leute setzen ein trauriges Gesicht auf, wenn eine Stelle frei wird, weil jemand stirbt, den sie nicht kennen?

Dass es noch einen anderen Grund gab für meine Einstellung, merkte ich am ersten Zahltag.

Groenmans hatte mir die Zimmermiete bis dahin vorgestreckt, darum hatte ich selber gebeten, weil ich sie ja zurückzahlen konnte, sobald ich meine ersten vierzig Gulden bekam. Das Zimmer kostete zweieinhalb Gulden die Woche, und zwanzig wollte ich an Mutter schicken. Als ich dann am Samstag zu Meneer ins Büro gerufen wurde, gab er mir einen Zehnguldenschein – und sah mich abwartend an.

Ich blieb mit dem Schein in der Hand stehen und wartete auf die drei anderen. Da merkte ich, dass Meneer mich nicht verstand, er fragte. »Nun, ist es so in Ordnung?«

Ich schüttelte den Kopf und lachte, weil ich glaubte, er wolle mich ein wenig necken. Doch er machte eine strenge Miene, er war ein richtiger Chef, und stand auf, als wollte er mir bedeuten zu gehen.

Ich war aber so furchtbar erschrocken, dass ich

nicht gehen konnte – einen Monat lang hatte ich mich darauf gefreut, das schöne Geld in Empfang zu nehmen, ich wollte einen Teil davon nach Hause schicken und Groenmans die Miete zurückzahlen und die Hälfte für das schwarze Seidenkleid; ich war mir des Geldes so sicher wie meiner selbst und konnte nicht fassen, dass ich es nicht bekommen sollte.

Darum hielt ich Meneer auf, als er aus dem Büro gehen wollte – gegen allen Anstand – ich fragte, warum er so merkwürdig zu mir war.

Ja, und dann stellte sich heraus, dass er Groenmans gefragt hatte, ob der eine erstklassige Verkäuferin wisse und dass Groenmans mich empfohlen und gesagt hatte, ich sei ein anstelliges Ding, das gern als Volontärin kommen würde, um den Beruf zu erlernen, und er hatte garantiert, dass Meneer Freude an mir haben würde. Und Meneer war auch zufrieden, ich hätte Talent zum Verkaufen und ein gutes Auftreten, sagte er, in ein paar Jahren könne ich es durchaus auf vierzig Gulden bringen, das habe er Groenmans auch zugesagt. Und einstweilen bekäme ich schon einmal zehn Gulden pro Monat, denn er sei keiner, der Leute umsonst arbeiten lasse.

Nun begriff ich, warum Groenmans mir das Bewerbungsschreiben so genau diktiert hatte, er hatte gesagt: »Über den Lohn schreibst du am besten nicht viel, das macht sich nicht gut, schreib lieber, du wärst mit den vorgesehenen Bedingungen einverstanden.«

Da stand ich also mit zehn Gulden in der Hand und musste mich auch noch entschuldigen und sagen, dass ich Meneer Groenmans sicherlich falsch verstanden hätte, und meinem Chef herzlich danken, dass er mich nicht als Volontärin ansah; ich wusste genau, was ich zu sagen hatte. Ich musste auch leichthin sagen, es komme nicht so darauf an, wie viel ich verdiente, wenn nur die Aussichten gut seien, ich hatte ja gemerkt, dass Meneer nicht ahnte, warum Groenmans mich empfohlen hatte; er glaubte, eine Tochter aus gutem Hause erlerne bei ihm den Beruf – wobei mir natürlich auch klar wurde, dass er es mit mir versucht hatte, weil ich nichts kostete.

Ja. Er hatte mich als Verkäuferin genommen, weil ich billig war. Zehn Gulden pro Monat, und das im Grunde aus Wohlwollen.

Ich wusste nun, dass ich zu billig war. Und Groenmans hielt mich gewiss auch für billig. Ja. Der hatte jetzt für dreißig Gulden im Monat eine Geliebte.

Mit einem Mal war ich kein Mädchen mehr. Nicht in dem Hotelbett bei Groenmans bin ich eine

Frau geworden, Unsinn, ich war auch danach noch ein dummes Kind. Aber wie ich da im Büro vor Meneer stand, mit höflichem Gesicht und dem zerknitterten Papier in meiner klammen Hand, da bin ich richtig ein Mensch geworden – plötzlich wusste ich, was ich wollte – ich wollte nicht billig sein.

Als Groenmans mich an diesem Samstagabend besuchte und sich amüsiert meine Geschichte anhörte und mir mit seinem Gutelaunegesicht zwanzig Gulden für meine Mutter geben wollte, habe ich das Geld angenommen, aber gleich gesagt, ich würde noch mehr brauchen, weil ich nicht dauernd das eine Kleid tragen könne, das er mir gegeben habe. Ich habe alles angenommen, was er zu geben bereit war, er brachte mir Stoffcoupons aus seiner Musterkollektion und einen Pelz und eine Abendstola und einmal auch einen Modellmantel, dankbar war ich nie, aber ich nahm alles an. Nicht, weil ich mich gern schön machen wollte; dass ich schön war, wusste ich damals bereits. Sondern weil ich nicht billig sein wollte.

Wahrscheinlich passte es Groenmans nicht, aber er gab mir, was ich wollte. Er war wirklich sehr in mich verliebt – so verliebt, wie ein Kaufmann eben sein kann. Er hatte viele Frauen gekannt, erst erzählte er mir noch von ihnen, aber später wollte er nicht mehr an andere Frauen denken, wenn er bei mir war – das sagte er jedenfalls, und ich glaube, er meinte es auch so. Dass ich schön war, sah er sehr wohl – wenn er mich sonntags in ein Café führte oder eine Strandpromenade entlang, ging er stolz wie ein Hahn neben mir her. Am Ende hatte er, glaube ich, ein bisschen Angst vor mir – weil ich zu schön für ihn wurde und zu teuer. Aber verliebt war er die ganze Zeit.

Ich war nicht verliebt – heute weiß ich, dass ich nie in ihn verliebt gewesen bin, damals dachte ich es aber, weil ich es inzwischen genoss, wenn er mich küsste. Ich hatte ihn recht gern um mich – er hatte gute Manieren und war jung und gesund. Mehr verlangte ich nicht, ich wusste es ja auch nicht besser. Ansonsten gibt es wenig über ihn zu erzählen.

Zwei Jahre blieb es so, er besuchte mich, wenn er nicht auf Reisen war, und holte mich sonntags zum Ausgehen ab. Anfangs gab er sich noch besorgt, er erteilte mir allerhand gute Ratschläge – aber als seine Verliebtheit mehr wurde, wollte er Ratschläge *von mir,* er erzählte mir alles Mögliche von seinen Geschäften und seiner Familie. Lustig. Ganz zum Schluss, als er mich zu langweilen begann und er das merkte, wollte er noch meinen Rat, ob er sich mit der Tochter eines deutschen Wäschefabrikanten verloben sollte. Ich habe ihn ausgelacht, und er ist nie mehr wiedergekommen.

Damals konnte ich ihn auslachen, damals konnte ich die Männer schon auslachen, das hatte ich im Geschäft gelernt.

Oh, nicht laut auslachen, das selbstverständlich nicht, in einem gediegenen Herrenmodengeschäft lachen die Verkäuferinnen nicht laut, das wäre ordinär. Sie müssen sich das so vorstellen: Den ganzen Tag kommen Herren herein, sie schauen die Ladentheke entlang, welches Fräulein sie bedienen soll, dann steuern sie auf die mit dem liebreizendsten Gesicht zu und sagen, was sie brauchen. Und sie reden höflich miteinander, die Verkäuferinnen und die Herren, aber mit einem leichten Unterton in der Stimme, der verrät, dass sie genau wissen, worum es eigentlich geht und warum der jeweilige Herr gut aussehen möchte. Wenn so ein Herr dann den Arm auf das rote Samtpolster legt, auf dem die Handschuhe anprobiert werden, und dabei zu dem Fräulein hochschaut, das mit langsamen Strichen das weiche Leder um seine Finger glättet, dann hat er plötzlich etwas Vergnügtes an sich, das merkt sie genau an seinem Blick – er will etwas. Und er will immer das Gleiche.

Ja, alle wollen immer das Gleiche. Ich habe zwei Jahre täglich Handschuhe über Herrenhände gezogen, und von zehn Männern haben neun mich so angeschaut – das war nicht mehr neu für mich seit dem Tag, an dem ich dieses Flackern in Groenmans' Augen gesehen hatte – als ich an seinem Blick erkannt hatte, dass ich erwachsen war. In all den vielen Männeraugen flackerte etwas, wenn sie mich ansahen – und dann musste ich lachen – so, wie man lacht, wenn ein anderer ungeschickt hinfällt. Und ich hatte natürlich gut lachen, weil ich schön war. Wäre ich hässlich gewesen, hätte ich dankbar sein müssen, dass ein Mann mich so ansah.

Ich brauchte aber nicht dankbar zu sein, ich kannte meinen Wert. Mein blauschwarzes Haar fiel in einer großen Welle über die Ohren und war im Nacken zu einem schweren Knoten zusammengefasst. Meine hellbraunen Augen wirkten im Schatten der Wimpern oft andersfarbig. Jetzt ist das nicht mehr zu sehen, ich habe zu viel gegrübelt und geweint, aber damals konnte ich mit meinen Augen alles erreichen, was ich wollte. Und ich wollte die Männer über sich selber stolpern lassen.

Das ist ein lustiges Spiel – und es wurde gar nicht so schnell langweilig – wir hatten viel heimliches Vergnügen daran, das andere Fräulein und ich. Und die männlichen Angestellten merkten es zwar, sagten aber nichts, auch nicht Meneer, ich galt als tüchtige Verkäuferin – aber das war ich nicht – ich war nur eine Frau, die ihren Wert kannte.

Über Meneer gab es im Übrigen nichts zu kla-

gen, nach zwei Jahren hatte ich fünfzig Gulden
Lohn, dazu Kaffeetisch und Mittagessen.

Schwester – sehen Sie, wie dunkel es geworden ist?
Hinter den Fenstern ist jetzt nur noch ein schwarzes Loch, da sind die Sterne reingefallen. Und keiner ist da, um sie aufzuheben – alle Menschen
schlafen – schade um die schönen Sterne – jetzt
müssen sie in der dunklen Grube verrotten. Wären
die Fenster nicht vergittert, dann würde ich mich
auf den Sims stellen und in das Loch schauen –
wenn ich dann auch fallen könnte, wäre alles im Nu
vorbei.

Warum warten Sie nun, bis ich weiterrede?

Das wird doch zu viel für Sie, und Gott hört
nicht zu. Wenn er nur ein einziges Mal zuhören
würde, Schwester. Jetzt gerade tut doch keiner auf
der Welt etwas Hässliches, alle Menschen schlafen,
und ich erzähle etwas, das er wissen muss.

Aber ich selber muss das auch alles wissen –
ich muss etwas herausfinden, es ist meine letzte
Chance – darum kann ich jetzt nicht mehr still
sein – ich traue mich nicht mehr ins Bett. So viele
Wochen habe ich im Bett gelegen und gedacht,
immerzu die gleichen schweren Gedanken, die
zurückkamen, weil sie nicht gründlich gedacht waren.

Jetzt kreisen diese Gedanken in einem fort in meinem Kopf – und ihr könnt nichts dagegen tun, kein anderer Mensch kann mir mehr helfen. Ich muss all die schweren Dinge selber denken und sagen, alle, nacheinander, damit sie, jedes an seinem Platz, in meinem Kopf stillstehen.

Aber Sie brauchen nicht mehr zuzuhören, machen Sie ruhig die Augen zu, ich bleibe allein wach und Gott auch – vielleicht.

Ich muss weiterreden. Wenn ich jetzt nicht rede, werde ich vollkommen verrückt.

Wo war ich stehengeblieben? Fünfzig Gulden?

Ja. Fünfzig Gulden, davon kann man schon leben, dadurch wurde ich für Groenmans zu teuer – ich war nicht mehr käuflich. Er hatte längst gemerkt, dass ich meinen Wert kannte, und gerade das machte ihn noch verliebter. Aber mir kam mein bisschen Verliebtheit abhanden – er war mir zu unterwürfig, er wurde ganz erbärmlich gewöhnlich. Ich erkannte, dass er schon die ganze Zeit so gewesen war, da ließ ich ihn fallen, ich ließ ihn los, mit der gleichen Gelassenheit, wie er mein Brotpäckchen über der Gracht losgelassen hatte.

Danach habe ich ihn nur noch einmal gesehen, das war, als ich um ein Haar seine dicke deutsche Frau angefahren hätte, sie konnte meinem Auto nicht schnell genug ausweichen. Er stand bereits auf dem Trottoir, und ich sah, dass er mich hasste – natürlich nicht mehr, als ein Kaufmann eben hassen kann – ich sah, dass ihm der Unterschied zwischen mir und seiner Frau bewusst war.

Damals war ich mit Charles Gould verheiratet.

Nein. Ich muss das anders erzählen, so, wie es nacheinander kam, also erst von Camelot.

Der Direktor des Kaufhauses Camelot war ein guter Kunde, er legte großen Wert auf sein Äußeres, und er war reich. Er ließ seidene Oberhemden nach Maß fertigen und ergänzte sehr sorgfältig seine Krawattensammlung. Er tauchte ständig im Geschäft auf; das Camelot war nur ein paar Häuser weiter in der gleichen Straße.

Und er wollte von mir bedient werden, aber keineswegs, um zu flirten, bei Camelot waren zwanzig Damen beschäftigt, da ficht den Direktor nichts so schnell an. Später habe ich auch einmal mit seiner Frau gesprochen, sie war schlicht und musikalisch und reich und gar nicht einmal hässlich. Den Direktor stolpern zu lassen kam mir nie in den Sinn – er war ein tüchtiger Mann.

Und er ließ sich gern von mir bedienen, weil ich seinen Geschmack kannte, ich zeigte ihm für gewöhnlich gleich das, was ihm vorschwebte. Ich wusste, dass er eine Vorliebe für besonders edle

Sachen hatte – wenn eine neue Partie Krawatten hereinkam, legte ich davon beiseite, was er vor allen anderen Kunden sehen sollte.

Einmal zeigte ich ihm eine Krawatte, die Sendung war gerade aus Lyon gekommen. Es war eine neue violette Seide, schwer und satt glänzend, aber doch weich. Ich wand sie um meine Finger, spürte den angenehm schmiegsamen Stoff und war selber begeistert von dem prachtvollen tiefen Veilchenblau, ich habe die Krawatte, glaube ich, sogar angelächelt.

Plötzlich merkte ich, dass der Direktor mich ansah. Aber nicht so wie andere Männer, beileibe nicht, sondern mit einem scharfen Blick, so als würde er durch mich hindurch auf etwas anderes schauen. Dann beugte er sich vor, nahm die Krawatte von meiner Hand und sagte leise: »Wenn Ihnen der Sinn nach Veränderung steht, sollten Sie einmal bei mir vorbeikommen.«

Damals lebte ich von dreißig Gulden im Monat, weil ich Mutter nach wie vor zwanzig schickte; dreißig Gulden waren auch zu der Zeit nicht viel, und durch Groenmans war ich es gewohnt, Geld auszugeben, ohne auf jeden Cent zu achten.

Darum dachte ich über die Worte von Camelot nach – so nannte jeder den Direktor. Eigentlich hieß er Cohen, und seinem Geschäft hatte er den

Namen Camelot gegeben, weil König Artus und seine Ritter und die Edelfrauen auf Camelot schöne und üppige Gewänder tragen. Man sieht das auf Wandmalereien in den Salons der Haute Couture – heutzutage kennt jeder Camelot, im ganzen Land werden Angebotsprospekte verteilt – alles, was schön und ausgefallen ist, kann man auf Perserteppichen sehen. Aber damals, zu der Zeit, war das Geschäft noch jung, und es wurden nur Stoffe verkauft und geschmackvolle Kleider, die ein wenig Pfiff hatten, außerdem Schmuck, der zwar gut aussah, aber nicht besonders kostbar war.

Ich dachte mir, dass Camelot gut zahlen würde, und mein Chef würde sich immer daran erinnern, dass ich bei ihm den Beruf gelernt hatte, von ihm würde ich nie einen hohen Lohn bekommen. Und ich ahnte, dass ich auf die Dauer nicht mit dreißig Gulden im Monat auskommen würde.

Darum habe ich kurze Zeit später den Direktor aufgesucht und gefragt, was für eine Stelle bei ihm frei würde.

Er lachte. Er saß mir in seinem Privatbüro gegenüber – es war ein ganz normales Büro mit Eichenmöbeln und nichts, was schön oder ausgefallen war. Dann schüttelte er den Kopf und sagte: »Hier ist keine Stelle für Sie frei – die Stelle müssen Sie sich schon selber schaffen.«

Weil ich nicht verstand, erklärte er es mir. Er wollte eine Abteilung für Luxusartikel aufmachen, die Kundschaft dafür hatte er. Und er kannte seine Kunden, er wusste, was ihnen gefiel, um den Einkauf würde er sich zunächst persönlich kümmern.

Ich hörte gut zu und sagte nicht viel, unnötige Worte lagen mir nicht. Aber schließlich fragte ich: »Was verstehen Sie unter Luxusartikeln?«

Der Direktor bekam wieder seinen scharfen Blick, als sähe er etwas hinter all dem anderen, dann sagte er: »Das sind Dinge, die man im Grunde nicht braucht.«

Ich hielt es für schwierig, Dinge zu verkaufen, die die Leute nicht brauchten, und als ich das sagte, lachte er wieder. Seltsam. Dieser Mann lachte, als sähe er alles Mögliche, was anderen verborgen blieb – sein Unternehmen wurde dann auch sehr bedeutend. Er antwortete: »Man kann sich nach Dingen sehnen, auch wenn man sie nicht braucht.«

Das wusste ich, das hatte ich von jeher gewusst – und nun ging mir ein Licht auf. Und ich fragte, wie er sich meine Arbeit vorstelle.

Er stand auf und sah mich an, als wollte er mir einen Auftrag erteilen. »Sie dürfen die Abteilung nach Belieben gestalten«, sagte er, »Hauptsache, Sie halten sich ständig dort auf, die Kunden müssen Sie sehen und ansprechen können. Sie sollen ihnen das

Gefühl geben, dass sie brauchen, was im Grunde nicht nötig ist.«

Er sagte mir hundert Gulden pro Monat zu und eine Beteiligung am Umsatz, und als ich mich zum Gehen wandte, hielt er mich noch kurz zurück und sagte: »Sie dürfen das Geld aber nicht horten – und natürlich auch nicht vernaschen. Den hohen Lohn bekommen Sie für Ihre persönliche Ausstattung. Schlabbrige Fähnchen oder billigen Schmuck dulde ich in keiner Abteilung – aber in Ihrer will ich Stil sehen. Das kann ich jetzt nicht genauer erklären – zeigen Sie mir einfach, was Sie daraus machen.«

Danach hat er mich noch durch die einzelnen Abteilungen geführt; bei den Stoffen sah ich einen Coupon weinroten Samt und habe ihn sogleich gekauft, weil mir klar war, dass ich bei Camelot andere Sachen tragen musste als meine schwarzseidenen Verkäuferinnenkleider, und ein Kleid mit weich fallenden langen Falten und von einem bestickten Gürtel zusammengehalten hatte ich schon immer haben wollen. Solch ein Kleid hatte ich mir bereits damals ausgedacht, als ich mit dem Dienstmädchen vom Fischgeschäft herumgelaufen bin. Bei Camelot habe ich so etwas wirklich getragen – natürlich nicht mit einer majestätischen Schleppe, wie ich mir das als junges Mädchen ausgemalt hatte – nichts, was ich trug, war je so schön wie die

Kleider, die ich mit vierzehn für mich entworfen hatte. Später musste ich ja immer ein wenig mit der Mode gehen.

Aber immerhin habe ich mir ein Samtkleid entworfen, in dem ich nicht mehr wie eine Verkäuferin aussah – was Stil war, wusste ich zwar nicht genau, aber mir war klar, dass eine Luxusabteilung etwas Frohmachendes haben musste, so wie ein Märchen. Darum bestickte ich den Gürtel mit hellroten und violetten Perlen zwischen langen Linien aus Goldfaden. Und immer, wenn ich mich mit dem Direktor besprach und Waren arrangierte, hatte ich im Hinterkopf, dass meine Abteilung zu dem Märchenkleid aus rotem Samt passen musste; deswegen ließen wir die Wände in grauen Perlmutttönen streichen, auf dem Boden wurde Teppich in Violett und Schwarz verlegt, und die Lampen bekamen Kränze aus milchweißen Glasperlen.

Das alles war ungewöhnlich, denn damals erwarteten die Kunden in eleganten Geschäften viel Gold. Als wir eröffneten, hat eine englische Kunstzeitschrift ein Foto von der Einrichtung gebracht – darauf war ich vor einem breiten Bogenfenster zu sehen, und die Bildunterschrift lautete: *»possibilities for modern shopkeeping«*.

Dass das Foto in der Monatszeitschrift erschien, war natürlich kein Zufall. Camelot hatte viele Verbindungen nach England – die Verkäuferinnen gaben sich auch sehr korrekt und ladylike, so wie in den großen Londoner Geschäften. Ich habe damals sogar Stunden in Englisch genommen, ein Teil der Kundschaft fand Englisch vornehm. Darum bekam ich auch einen englischen Namen. In dem Herrenmodengeschäft hatte man mich Juffrouw Heleen genannt, bei Camelot dagegen hieß ich Lilian.

Selbstredend konnte ich nicht weiterhin Leentje heißen, nur meine Zimmerwirtin sagte noch so, weil ich als junges dummes Ding bei ihr eingezogen war, und als sie nach meinem Namen fragte, hatte ich Leentje gesagt. Aber als ich bei Camelot monatlich hundert Gulden verdiente, suchte ich mir ein anderes Zimmer – ich konnte die Korbstühle und das rote Flanelltischtuch auch nicht mehr sehen – und so vergaß ich, dass ich Leentje hieß.

Bis Hannes kam. Hannes fragte gleich nach meinem Vornamen, und ich sagte automatisch: »Leentje.« Er nannte mich aber »Leen«.

Dass ich das noch hören kann – ich höre ihn »Leen« sagen, mit so tiefer Stimme, als würde sie in dem Namen versinken, tief und ein klein wenig heiser – Gott – das habe ich für immer im Ohr.

Weiter!

Der Direktor besorgte Bronzefigürchen und Porzellan und kleine schmiedeeiserne Ziergegenstände, außerdem Bücher und Taschen und Haarspangen – die Sachen waren alle sehr ausgesucht und auch kostbar, aber nicht so kostbar, dass sie keinen Gewinn mehr abgeworfen hätten. Der Gewinn war sogar ziemlich hoch, weil die Luxusartikel eben nicht so ganz kostbar und ausgesucht waren, sie waren eine Spur zu wenig echt. Darum gingen sie auch gut. Wir hatten chinesisches Porzellan, das natürlich aus China kam, aber es musste absolut makellos sein, und die kongolesischen Flechtarbeiten wurden penibel gesäubert und lackiert, bevor ich sie zur Schau stellte; mir war sehr bewusst, dass die Luxusabteilung von Camelot kein Museum sein konnte.

Ein einziges Mal hatte ich eine echte Tanagra-Figur im Angebot – eine Frau, die in vorgebeugter Haltung einen Krug leert, sie stand da, als würde sie träumen und der Traum ewig dauern – meine Kunden sind daran vorbeigegangen …

Ja, das verstehen Sie jetzt nicht, was? Wie kann jemand, der nur sechs Jahre lang die Volksschule besucht hat, etwas über Tanagra-Kunst wissen?

Ich weiß noch viel mehr. Ich hörte, wie der Direktor die Gegenstände benannte, und traute mich zu fragen, wenn ich etwas nicht wusste. Außerdem konnte ich in den Büchern nachschlagen, die er zum Verkauf besorgt hatte – sie waren alle schön eingebunden und reich bebildert, den englischen Text konnte ich damals noch nicht lesen, aber das brauchte es gar nicht, was unter den Abbildungen stand, ließ sich erraten. Und wenn in der Stadt besondere Ausstellungen zu sehen waren, schickte er mich hin, vormittags, wenn es im Geschäft ruhig war.

Ich habe viel von ihm gelernt, ich war ihm sehr dankbar – er wusste genau, was er wollte. Er wollte seine Luxusabteilung durch mich groß machen, dafür hat er mich benutzt, aber ich fand es wunderbar, dass ich von Nutzen sein konnte. Anfangs waren wir in meiner Abteilung stundenlang damit beschäftigt, die Sachen zu arrangieren und zu betrachten, später dann lief alles wie von allein; da richtete er in der zweiten Etage eine Abteilung für Teppiche ein und danach noch eine für feine Glaswaren, dadurch sah ich ihn nicht mehr oft. Allerdings war ich schon damals bei Einkaufsreisen dabei. Ich hatte London und Paris bereits gesehen, ehe ich Charles Gould heiratete.

Wenn ich heute zurückdenke, kommt mir alles ganz einfach und normal vor und die Arbeit ebenso geregelt wie interessant. Jeden Tag die neuen Artikel, die hereinkamen, und das zum Verkauf stehende Bekannte – zu lange durften die Sachen aber nicht stehen, sonst wurden sie altmodisch, so ausgesucht sie auch sein mochten. Nur meine arme kleine Tanagra konnte zwei Jahre lang auf ihrem Ebenholzsockel stehen, ohne altmodisch zu werden, sie war noch da, als ich heiratete – da habe ich sie gekauft und mitgenommen, ich wollte nicht mehr auf sie verzichten.

Ja, die Arbeit war so interessant, dass man ganz darin aufgehen konnte, aber das Leben an sich weniger. Wenn um sechs Uhr die bronzene Ladentür hinter mir geschlossen wurde, stand ich so manches Mal ganz einsam auf dem Trottoir und wusste nicht, wohin ich gehen sollte – in mein Zimmer, wo keiner wartete, oder in ein Restaurant, wo keiner mich kannte.

Ich war schon sehr einsam – nicht auf die normale Art einsam, wie man es immer ist, wenn man die Leute sieht und weiß, man selber ist jemand anderes – sondern wirklich und schmerzhaft einsam – so sehr, dass man mit den Händen an sich herabstreicht, weil man einen Menschen spüren möchte. So habe ich mich oft gefühlt – zwei Jahre hatte ich ja Groenmans' Gesellschaft gehabt, und ich war erst dreiundzwanzig.

Aber ich wollte mich nicht sehnen und sentimental werden, mir war noch immer bewusst, dass ich nicht billig sein durfte. Auf der Straße ging ich hoch aufgerichtet, achtete aber darauf, mich nicht in den Hüften zu wiegen – das habe ich von jeher sehr hässlich gefunden. So ging ich denn allein in Konzerte und ins Theater und in Ausstellungen. Mit den anderen weiblichen Angestellten von Camelot konnte ich mich im Grunde nicht unterhalten, und von den Männern hätte ich allenfalls den Direktor einen ganzen Abend lang neben mir ertragen. Aber dem fiel es natürlich nicht ein, mir Gesellschaft zu leisten.

Ich war tatsächlich ein wenig anders als die anderen jungen Frauen. Ich traute mich etwas und tat, was mir beliebte; als alle hochhackige Schuhe anhatten, ging ich in flachen aus weichem Gemsenleder, die bequem saßen. Mein Haar trug ich, anders als die ondulierten Haute-Couture-Damen, in einer lockeren Frisur, und um den Knoten zu halten, steckte ich einen ziselierten Silberkamm hinein. Ich traute mich auch, in tief ausgeschnittenen Kleidern zu gehen, so dass der längliche Mondstein an dem Silberkettchen sich schön in den Brustansatz schmiegte, ich schämte mich weder dafür, noch wirkte es ordinär. Ich unterschied mich auch von den männlichen Angestellten, die unterwürfig lächelten, wenn der Direktor etwas zu ihnen sagte –

ich traute mich, eine Lohnerhöhung zu fordern, als mein Umsatz beständig stieg, ich war keine billige Kraft, ich kannte meinen Wert.

Ja, darum ging ich hoch aufgerichtet – aber man kann nicht dauernd den Rücken durchdrücken. Seltsam. Wenn es stürmt, tun mir die Bäume leid, weil ich spüre, dass sie Schmerzen haben – sie knarren, und ihre Zweige klatschen aneinander – es tut weh, wenn man hoch aufgerichtet steht und sich dann beugen muss.

Am Abend meines vierundzwanzigsten Geburtstags stand ich in der Pause einer Wagner-Oper im Foyer beim Eingang zum großen Konzertsaal. Wie die Oper hieß, weiß ich nicht mehr, nur dass mir einleuchtete, warum ein Pferd den Kopf zurückwirft, wenn die Trompete erschallt. Ich lehnte mich an den Türpfosten und versuchte, die anderen Leute zu übersehen.

Aber nicht jeder lässt sich übersehen. Direkt mir gegenüber stand ein Mann, nicht mehr ganz jung, aber noch sehr hellblond, wie man es manchmal bei Kindern sieht. Sein Gesicht war gebräunt, dadurch erschienen seine blauen Augen wasserhell, man musste einfach hinsehen.

Es waren wundersam freimütige Augen – ohne jedes Schuldbewusstsein – sie blickten weder unverschämt noch interessiert, einfach nur kühl, glatt wie ein Spiegel. Aber die Lippen des Mannes waren fester geschlossen, als man es seinen Augen nach erwartet hätte.

Er stand mir gegenüber und schaute mich an, ohne dass sein Blick abirrte, er sah mich so, wie ich war. Das war mir noch nie passiert. Wann immer ein Mann mich anschaute, wurde sein Blick irgendwann fahrig, beim einen früher, beim anderen später. Dieser Mann aber schaute mich unentwegt an, so wie das eigene Spiegelbild einen anblickt – regungslos.

Als ich den Saal wieder betrat, weil die Glocke bimmelte, spürte ich, dass er nach mir durch die Tür ging. Und ich spürte auch, dass er den Platz hinter mir einnahm, der vorher leer gewesen war.

Warum gibt es Musik, die uns so zerreißt, dass wir uns nicht mehr finden können? Warum müssen wir sitzen bleiben und zuhören, obwohl wir lieber davonlaufen würden, um der Musik zu entkommen, die schwächt und lähmt?

Eine Frauenstimme erklang, das junge Mädchen sang ein Lied, wie ich es noch nie gehört hatte. Sie sucht ihren Gürtel, der sich gelöst hat, sie hat ihn verloren – nun weiß jeder, dass sie ihr Kleid nicht mehr schließen kann.

Der Stimme war anzuhören, dass das Mädchen Angst hatte, und auch, dass sie sich des Blicks des

Geliebten bewusst war und sich nicht wehren würde.

Da konnte ich nicht mehr hoch aufgerichtet sitzen. Mein Kopf wurde zu schwer, um ihn länger hochzuhalten, ich spürte, dass mein Hals sich neigte. Die Stimme hat das getan, nicht ich – wäre ich selber da gewesen, hätte ich das nicht gewollt, ich wäre mir feige vorgekommen. Die Töne haben es getan, die brennende Angst um das nackte Mädchen – ich selber war nackt, in meiner Einsamkeit und meiner Angst, die ich nicht wahrhaben wollte. Die Töne haben mir den Kopf hinabgedrückt – immer tiefer –, bis mein Nacken ganz durchgebogen war und mir das Kinn auf die Brust fiel.

In dieser Haltung habe ich weiter zugehört, und die ganze Zeit die freimütigen Augen des Mannes hinter mir in meinem gebeugten Nacken gespürt – es schmerzte, ein fremder Schmerz, den ich dennoch erleiden musste.

Da bin ich geflohen. Vor mir selber und vor diesem Mann, der mein Meister hätte werden können. Gewiss, ich war nicht mehr jung genug und zu vernünftig, um mich auf ein Abenteuer einzulassen. Zu alt war ich natürlich nicht, nein. Aber ich hatte nicht mehr den Mut dazu. Draußen auf der Straße wurde mir plötzlich klar, dass ich davongelaufen war, weil am nächsten Tag der große Schlussverkauf bei Camelot anfing und ich meine Pflichten hatte. Da schämte ich mich. Also war ich doch nur eine gewöhnliche Verkäuferin, ich war noch immer das Armeleutekind von früher. Ich war nicht frei genug zu nehmen, was ich begehrte. Und ich stand nicht hoch genug, um frei zu wählen.

Ich war ans Alltagsleben gebunden, das immer wiederkehrt, jeden Morgen mit dem Tageslicht. Ja. Ganz einfach der Alltag, der wiederkehrt, ohne dass wir es wollen, und der uns aufzehrt.

Als ich sechsundzwanzig war, gab es nichts mehr, wonach ich mich noch sehnte und was ich nicht kannte. Ich hatte meine Abteilung so groß gemacht, wie sie bei Camelot werden konnte, ich hatte sechs Mädchen und zwei junge Männer für den Verkauf unter mir, und sie gehorchten, ohne Fragen zu stellen, ich war die Chefin. Mein Lohn war so hoch, dass ich Geld übrig hatte, ohne bewusst zu sparen, ich schickte auch noch genug nach Hause, so dass es für Mutters Pflege reichte und die ganze Familie zu essen hatte. Es gab nichts mehr zu ersehnen – wenn ich wollte, konnte ich im Urlaub verreisen, aber das wollte ich nicht immer, weil es doch überall irgendwie gleich ist und weil ich auf unseren Einkaufsreisen ohnehin genug von der Welt zu sehen bekam. Ich konnte mir all die schönen Kleider nähen lassen, die ich für mich entworfen hatte, und mein Zimmer hatte die Abteilung für Möbelkunst von Camelot eingerichtet. Dort besuchte mich auch der eine oder andere Bekannte, ich brauchte nicht mehr immerzu allein zu sein, es gab durchaus ein paar Leute, die ich hatte kennenlernen wollen.

Eines Abends lag ich auf meinem Sofa mit dem eingebauten Bücherregal, da merkte ich, dass ich nicht einmal mehr die Hand nach dem Buch ausstrecken mochte, das ich halb gelesen hatte. Und das erschreckte mich fürchterlich – mir wurde eiskalt davon – ganz plötzlich war mir zu Bewusstsein gekommen, dass ich alt werden würde.

Das war das erste Mal. Natürlich gibt es immer ein erstes Mal, aber danach kommt der Gedanke wieder und wieder, wie ein Refrain, der mitgesungen werden muss – lange bevor man alt ist, kennt man den Refrain durch und durch. Man altert ja allmählich, durch das gewöhnliche Leben.

Bestimmt finden Sie mein Leben nicht gewöhnlich, das verstehe ich. Sie denken dabei wahrscheinlich eher an sich oder auch an Ihre Eltern, und darum kommt mein Leben Ihnen ganz außergewöhnlich und interessant vor. Aber Sie müssen sich vorstellen, dass es mein gewöhnliches besonderes Leben war und dass es alterte – erst hatte ich darauf gewartet, danach hatte ich es gestaltet, und dann gab es nichts mehr zu gestalten, mein Leben war fertig und zum Stillstand gekommen. Und da musste mir ja auffallen, dass ich altern würde. Jeder altert schließlich, indem er sein Leben lebt.

Ich kann das nicht näher erklären, vielleicht sind Sie noch nicht alt genug. Ja. Sie sind ganz sicher nicht alt genug. Es ist auch nicht viel darüber zu sagen, man muss es erfahren. Es gab auch eine Zeit, da dachte ich nicht mehr ans Altern, da lebte ich nur, um jeden Morgen in einem neuen herrlichen Tag aufzuwachen – das war Hannes – damals existierte für mich kein Davor und kein Danach.

Aber jetzt erinnere ich mich wieder sehr gut an Charles, er gehört auch zu meinem Leben.

Warum beschäftige ich mich wieder damit, warum lasse ich Charles nicht einfach weg? So wichtig ist er gar nicht – es hat auch nur kurz gedauert – allerdings habe ich dadurch viel gelitten.

Ich lag also auf meinem Sofa und betrachtete meine Hand, die nicht mehr wollte – ich hatte lange schmale Hände mit spitzen Fingern, die Nägel schön rosa poliert. Die kleinen glatten rosa Muscheln, die wie hingestreut am Strand liegen und über die man sich gar nicht zu gehen traut, haben mir immer gefallen, meine rosa polierten Nägel fand ich fast genauso schön. Und dann dachte ich daran, dass sie mit mir begraben würden.

Ich weiß noch genau, dass ich meine Hand lange angeschaut habe, ich habe auch mit der anderen über die Gelenke gestrichen und die kleinen Kuhlen unten an den Fingern befühlt.

Schwester, Ihr Gesicht ist auf einmal so grau! Die Lampe gibt doch noch Licht, das gleiche Licht wie vorhin – wird es draußen etwa schon Morgen?

Morgens ist es hier am furchtbarsten. Solange alles dunkel ist, kann man sich noch etwas einbilden. Wenn ich nachts wach liege, dann stelle ich mir manchmal vor, ich wäre im Schlafsaal eines normalen Krankenhauses oder eines Waisenhauses, dann könnte ich genauso gut eine normale Kranke oder ein Kind sein. Dann schaue ich in das Licht vom Schwesterntisch, und alles andere ist in Dunkelheit gehüllt.

Aber wenn die Dämmerung einsetzt, ist es vorbei mit den Einbildungen, dann tritt alles aus der Dunkelheit hervor, wird erst grau und später weiß.

So richtig wach werde ich erst, wenn neben mir an der Wand die gelben Flecken sichtbar werden, wo die Heizungsrohre geleckt haben, dann hat der Tag angefangen.

Ich kann ja noch von Charles erzählen, ehe der Tag richtig anfängt. Mag sein, dass es nicht sonderlich wichtig ist – aber es gehört dazu.

Es gehört auch zu meinen Händen. Denn als ich an dem Abend aus einiger Entfernung meine spitzen hellen Hände betrachtete, die mit mir begraben würden, fiel mir ein, dass ich mir doch einmal die alten Italiener von Charles Gould ansehen wollte. Charles Gould hatte nämlich gesagt, meine Hände sähen aus wie die auf einem Filippino, den er kürzlich gekauft hatte.

Wir waren damals schon länger miteinander bekannt. Es hatte mit den üblichen Verkaufsgesprächen angefangen, wenn er in meiner Abteilung etwas erstand – Geschenke für andere, nichts für sich selber, dafür kannte er sich zu gut aus. Er war ein wirklich fähiger Kunstkritiker und hatte eine schöne Gemäldesammlung zusammengekauft, sein Vater war Sigmund Gould gewesen, der Bankier, und sein Bruder sorgte dafür, dass sich das große Familienvermögen auf der Bank weiter vermehrte. Er selber hatte nicht gerade viel zu tun, darum schlenderte er öfter einmal durch meine Abteilung, ich glaube, er beobachtete gern, was Leute kaufen, die nicht wählerisch sind. Mitunter nahm er mit leicht spöttischem Lächeln einen Artikel zwischen Daumen und Zeigefinger, um ihn dann wieder hinzulegen.

Auf der Straße grüßte er immer höflich, wenn wir uns begegneten, er hatte moderne demokratische Auffassungen. Aber richtig wahrgenommen hat er mich erst, nachdem er mit seiner Mutter in meiner Abteilung gewesen war, um ihr eine Abendstola zu kaufen.

Die alte Dame hatte schlohweißes Haar, ihre schwarzen Augen waren aber noch sehr lebhaft, und sie sprang munter wie ein Vögelchen umher. Neben ihrem Sohn nahm sie sich wie die Jüngere von beiden aus, und sie neckte ihn gern. Auch an dem Tag – ich legte ihr gerade Stolen aus weißer Seide um – neckte sie ihn, weil er die ganze Zeit, während sie sein Geschenk aussuchte, in einem Buch über Whistler blätterte und ihr schließlich ein Bild darin zeigte: *Portrait of the Artist's Mother*.

»Du könntest zwischendurch auch einmal deine eigene Mutter ansehen«, sagte sie. »Wie steht mir diese Stola?«

Sie kam mir vor wie ein anmutiges Angorakätzchen, ihr Haar wölkte wie weißer Satin über den weißen Falten der Stola – sie glich einer französischen Marquise und ganz und gar nicht Whistlers Mutter. Charles betrachtete sie und nickte, dann sagte er: »*A Study in White.*«

»Ja, so ist er«, sagte die alte Dame, »die ganze Welt fasst er in einen Goldrahmen. Das kann einem auf die Nerven gehen – aber er schreibt sehr kunstverständig. Lesen Sie manchmal seine Kritiken?«

Ich las so gut wie nie Kunstkritiken, weil ich selber wusste, was schön ist, und weil ich es nicht haben konnte, hinterher von jemand anderem zu hören, was ich schön und hässlich hätte finden sollen. Charles Goulds Kritiken las ich aber doch ab und zu, weil man von ihm lernen konnte, er zitierte andere Autoren, man merkte, dass er Kunstgeschichte studiert hatte. Und ich wusste so wenig von dem, was man eigentlich wissen sollte, darum hatte ich Respekt vor ihm.

Das sagte ich auch zu seiner Mutter – die kleine weiße Dame kam mir kernig vor, ihr konnte man ruhig sagen, was man dachte. Da lachte sie, ich glaube, die kleine Schelmin fand an allem etwas Lustiges. Sie sagte: »Charles, wenn du in ein paar Jahren Professor wirst, musst du Juffrouw Lilian bei der Zeitung als deine Nachfolgerin empfehlen, dann haben die Leute wieder einmal etwas Originelles zu lesen.«

Charles war pikiert – doch wenn er später wieder in meine Abteilung kam, war er gesprächiger, er fragte manchmal sogar nach meiner Meinung zu bestimmten Ausstellungen.

Schließlich war es so weit, dass er nicht mehr an mir vorbeiging, wenn wir uns irgendwo begegneten, wo er sich Gemälde ansah.

Es gab mehr solcher Leute, die mein Gesicht von

Camelot her kannten, und wenn sie mich dann andernorts trafen, genossen sie es anscheinend, mit mir über schöne Dinge zu reden. Charles Gould dagegen brauchte mich nicht zum Reden, er redete und schrieb selber – er sprach mich, glaube ich, nur an, weil er von mir hören wollte, was das Publikum so dachte.

Nachdem er seinen Botticelli gekauft hatte, ein berühmtes Frauenporträt, über das andere in der Zeitung geschrieben hatten, war er von seiner Erwerbung so begeistert, dass er mich einlud, seine Sammlung zu besichtigen. Er war wahrhaftig ein wenig aufgeregt – ihm fielen nicht mal die richtigen schönen Worte zum Beschreiben ein –, deshalb neigte er, um mir die Haltung des Kopfs zu verdeutlichen, den seinen elegant und nachdenklich zur Seite. Das wirkte überhaupt nicht komisch, er hatte nämlich etwas von einer Frau an sich, das heißt, eher von einem alten Mädchen. Ja. Er war steinreich und eine stadtbekannte Persönlichkeit, und doch sah er mit einem Mal wie ein welkes Mädchen aus, das leicht verschämt dreinschaut – ich dachte manchmal, das käme von seiner jüdischen Abkunft, die er nicht wahrhaben wollte.

Er war vierundvierzig, wirkte aber älter, seine Haut war gelblich und wurde schon faltig. Außerdem blinzelte er ständig hinter seiner Brille. Es hat eine ganze Weile gedauert, bis ich mich entschloss, ihn zu besuchen, und dass ich an einem Sonntagnachmittag hinging, war auf keinen Fall seinetwegen, sondern weil ich endlich die Hände auf diesem Filippino sehen wollte. Und auch, weil Italien in Mode gekommen war; bei Camelot wanderten die Bücher über Morris und Whistler in den Ausverkauf, und wir boten stattdessen Mappen mit da Vinci und den Venezianern an. Wir hatten auch kleine Mosaiken eingekauft und Majoliken und venezianische Glaswaren – ich könnte also bei Charles Gould noch etwas lernen, dachte ich. Im Louvre und in der National Gallery und in der Pinakothek war ich natürlich gewesen, trotzdem wusste ich nicht viel – ich erinnerte mich später immer nur an die Gemälde, die mir am meisten Eindruck gemacht hatten.

Charles bewohnte einen schönen Altbau an einer Gracht; ich sah mir das Haus von der Eingangstreppe aus an, ehe ich klingelte, und da kam er auch schon. Gleich auf der Türschwelle wurde er ganz Gastgeber, er zeigte mir die Marmor-Basreliefs im Flur; das Haus hatte früher einer alteingesessenen Kaufmannsfamilie gehört, und die Reliefs waren aufwendig mit Blumen und Früchten gestaltet – ihre Üppigkeit passte so gar nicht zu dem hageren Charles.

Dann führte er mich zu seinen Gemälden – und das war eine Enttäuschung. Im Louvre war ich wie ein Kind in einem Obstgarten herumgegangen, wohin ich auch blickte, gab es etwas zu greifen. Bei Charles dagegen hing viel, was schön und besonders war, aber nicht auf eine Weise, die einen beglückte. Und nur dadurch blieb Schönes bei mir im Gedächtnis haften.

Er zeigte mir den Botticelli und wartete, was ich sagen würde – aber ich hatte Angst zu sagen, was ich dachte, die Frau sah mir ähnlich. Ich habe das Bild lange betrachtet, später hat es in unserem Musikzimmer gehangen – ich erinnere mich noch genau daran, obwohl es nicht dazu angetan war, einen glücklich zu machen. Eine bleiche Frau mit glatten schwarzen Haaren – genau so sah ich aus. Und beim Hinsehen wurde mir angst, dem Bildnis fehlte etwas, dieser Frau fehlte etwas, das man zum Leben braucht – nicht, dass ich gewusst hätte, was, ich sah nur, dass sie nie vollkommen glücklich gewesen sein konnte. Den Filippino habe ich auch noch gesehen, und ich begriff, warum Charles meinte, das seien meine Hände. Sie waren glatt und lagen ruhig und anmutig übereinander, aber auch ihnen fehlte etwas – man konnte sich nicht vorstellen, dass diese Hände ein Tier oder den Kopf eines Kindes streichelten.

Charles wartete immer noch – ich musste etwas sagen. Also sagte ich, mit dem Botticelli könne ich nichts anfangen und den Filippino fände ich hässlich, daraufhin zuckte er die Schultern. Später wurde er wieder freundschaftlicher. Wir tranken in seinem Wohnzimmer Tee, Charles wollte selber einschenken. Er neige etwas zur Boheme, meinte er, und das hörte sich lächerlich an, ich musste wegen der antiken Eichenstühle lachen, die so kostbar und massiv waren. Da gab er mir die Kanne, er hatte bereits Tee auf sein chinesisches Tischtuch verschüttet, mit Sicherheit war er nicht daran gewöhnt, selber einzuschenken.

Wir unterhielten uns – ich saß in einem Goldledersessel mit hoher Lehne, da sagte er ganz unvermittelt: »Sie machen sich gut darin!« Und er sah mich durch seine Wimpern an.

Was er sagte, war mir bewusst. Ich fühlte mich in dem prunkvollen Sessel längst so wohl, dass ich das Gefühl hatte, endlich nach Hause gekommen zu sein. Die Armlehnen mit ihren Ziernägeln aus Bronze passten genau unter meine Hände, das ganze Zimmer mit seinen hohen Fenstern, der Eichenvertäfelung und den bemalten Wandschirmen und dem kupfernen Kronleuchter war mir so vertraut – ich hatte das Gefühl, mich hier nach einer Reise auszuruhen.

Nur Charles passte nicht dazu, er störte das Bild; man sah, dass die mit Schnitzwerk verzierten Möbel nicht für ihn gemacht waren, ich konnte das Kompliment also nicht zurückgeben. Stattdessen fragte ich, ob er mit seinem Buch vorankomme – er schrieb an einer Abhandlung über die Sieneser Schule.

Daraufhin führte er mich in sein Studierzimmer, er war gern bereit, mir seine Arbeit zu zeigen, er gab sogar ein bisschen mit dem Stapel Korrekturabzügen an, der von seinem vorigen Buch noch dalag. Aber er machte sich doch ziemlich respektabel an seinem Schreibtisch – ich bekam geradezu Ehrfurcht – die vielen Notizen für sein Buch waren säuberlich aufgeklebt und in Ordnern gesammelt, und auf langen Papierbögen hatte er die Gliederung in Kapitel und Abschnitte ausgearbeitet. Zudem waren da noch Aktendeckel mit Korrespondenz über den Abdruck der Bilder, die er in den Text einstreuen wollte. Es fiel ihm leicht, über seine Arbeit zu sprechen, alles hatte er bereits überdacht und angeordnet, es fehlten nur noch die Worte, und die zu finden sei nicht weiter schwer, meinte er – wenn man erst einmal die Fakten zusammengetragen habe und wisse, wie man sein Buch anlegen wolle, dann seien die Worte nebensächlich.

Dann erzählte er mir von den Sienesern und ihren Werken und was er dazu neu herausgefunden hatte, verwechselte Jahreszahlen, glaube ich. Ich saß auf der anderen Seite des Schreibtischs und brauchte nur zuzuhören, er erklärte. Hin und wieder ging er an ein Regal und nahm ein Buch heraus, das er mir zeigen wollte, er brauchte nie zu suchen, er wusste genau, wo alles stand.

Ich habe zwar zugehört, wurde aber bald zu müde, um mir etwas zu merken – Charles allerdings beeindruckte mich, solche Arbeit konnte nur tun, wer studiert hatte. Und in seinem Studierzimmer konnte ich ihn später noch am besten ertragen, er ging dort herum und sprach vor sich hin oder ließ sich mit einem schweren Buch in einen Lehnsessel sinken und vergaß darüber, dass er die Ehre des Charles Gould hochzuhalten hatte.

Bis heute ist mir unklar, warum ich ihn geheiratet habe. Ich muss taub und blind gewesen sein – oder so müde, dass mir alles egal war außer meiner eigenen Bequemlichkeit. Wahrscheinlich war ich nach den sechsundzwanzig Jahren wirklich todmüde, vielleicht habe ich ja geheiratet, weil ich dann nicht mehr jeden Morgen um Punkt acht am stets gleichen Ort sein musste.

Mit ein Grund war wohl, dass die alte Mevrouw Gould ausgesprochen reizend war und mir so charmant schmeichelte, ich solle doch ihren armen Jungen nehmen, sonst würde er wirklich zu alt zum Heiraten – ich fand es bemerkenswert, dass sie gar nicht an den Standesunterschied dachte. Aber ganz sicher habe ich Charles Gould geheiratet, weil ich beweisen wollte, dass er in mir zu Recht eine mustergültige Gastgeberin für sein Haus und seinen Landsitz sah. Ich stellte mir vor, wie ich ausgewählte Gäste empfangen würde, und dachte, es wäre doch wunderbar, eine richtige Dame zu sein, die einer Familie mit wohlerzogenen Kindern vorsteht und über Dienstboten und einen Chauffeur und einen Gärtner gebietet. Natürlich ohne zu ahnen, wie schwierig so etwas ist – es wäre mir gewiss nicht gelungen, auch wenn Charles mir besser gefallen hätte.

Den ersten Heiratsantrag hat er mir auf einem Maskenball gemacht. Er hatte mit anderen ein wenig zu tief ins Glas geschaut, richtig betrunken war er nicht, aber doch unternehmungslustiger als sonst – er wollte sogar mit mir tanzen. Ich hatte aber keine Lust zum Tanzen, ich war nur des Schauens wegen zu dem Ball gegangen, und es gefiel mir nicht. Es war furchtbar laut – mitten im Saal stand eine Drehorgel, die dudelte wie beim Jahrmarkt, und all die verkleideten schwitzenden Leute tanzten um sie herum, die Paare klebten regelrecht aneinander und benahmen sich abstoßend. Das sagte ich auch zu Charles, da merkte er anscheinend, dass er sich ein wenig vergessen hatte; er stand, wieder ganz ernst, hinter meinem Stuhl – aber auf einmal neigte er sich zu mir und sagte, ich sei die Frau, die zu ihm passe.

Ich habe nicht einmal geantwortet; ihn zu heiraten kam mir vollkommen aberwitzig vor. Aber *er* konnte nicht mehr vergessen, was er sich in den Kopf gesetzt hatte, später hat er noch dreimal von seinem Vorhaben gesprochen – und alle drei Male bin ich darüber hinweggegangen.

Und eines Tages heiratete ich Charles Gould doch, so plötzlich, wie man sich auf dem Boden wiederfindet, wenn man im Schlaf aus dem Bett gefallen ist.

Ich stand vor einem langen grünen Tisch, dahinter wartete ein fein gekleideter Herr, und ich sagte »ja« auf eine Frage, die er stellte – es gehörte einfach dazu, alles war Tag um Tag aufeinandergefolgt seit dem Nachmittag, an dem ich mir die Hände auf dem Filippino angesehen hatte.

Als ich »ja« gesagt hatte, hörte ich hinter mir ein Rascheln, die Zeugen und Gäste rutschten auf den Stühlen herum, wie es üblich ist, wenn ein Akt geendet hat und man auf den nächsten wartet. Da verspürte ich auf einmal eine so grässliche Angst im Herzen – es krampfte sich richtiggehend zusammen – mir war klar geworden, dass ich gelobt hatte, mein Leben lang bei Charles Gould zu bleiben.

In dem Moment merkte ich, dass ich geheiratet hatte, ohne an ihn zu denken.

Ja. Und erst da merkte ich auch, dass ich mit einem fremden Mann – einem Männchen eher – verheiratet war.

Ziehen Sie die Vorhänge zu, Schwester. Es kommt viel zu viel Licht herein – die anderen werden sonst wach, Oma wacht sehr früh auf.

Begreifen Sie, warum sie immer die Erste ist, wenn der Tag anfängt? Schließlich hört sie nichts und weiß auch nicht mehr, was sie sieht. Begreifen Sie, warum sie der Sonne zuwinkt, sobald die über den Dächern steht?

Sie sagt, dass sie eine Bauersfrau war. Warum hat man sie hierhergebracht, ausgerechnet jetzt, da sie bald sterben muss?

Bitte, ziehen Sie die Vorhänge zu. Dann braucht die Lampe auch noch nicht ausgemacht zu werden.

Schön ist das, noch eine Weile ins Lampenlicht zu schauen. Ich mag die Sonne nicht mehr, sie heizt den Saal zu stark auf.

Früher habe ich stundenlang in der Sonne gelegen – neben Hannes nach dem Schwimmen.

Nein. Es ist fünf Uhr, von Hannes brauche ich nicht mehr anzufangen, dafür ist zum Glück keine Zeit mehr. Wenn nachher Schwester Eva kommt, hat der Tag begonnen, dann weiß noch keiner etwas von Hannes – nur ich.

Jetzt muss ich schnell und leise weitererzählen. Sie sind die Einzige, die mich hört, Gott habe ich schon längst wieder aufgegeben. Natürlich. Alles, was es auf der Welt gibt, kann man wissen und sehen – ich sehe auch die runden gelben Flecken bei den Heizungsrohren – wenn es Gott gäbe, müsste man ihn sehen können.

Also erzähle ich Ihnen jetzt von Charles. Die Geschichte ist hässlich und auch etwas schmutzig – eigentlich dürfte man sie niemandem erzählen, der nicht verheiratet war. Ich habe mich auch ein wenig vor mir selber geekelt, als ich das erlebt habe – aber später konnte ich es dank Hannes vergessen.

Es fällt wirklich schwer, daran zurückzudenken.

Ich befand mich in einem Hotelzimmer, oh, in einem ganz anderen als bei Groenmans mit seinen Bestellzetteln. Auf dem Boden lag ein flauschiger hellblauer Teppich, und es gab einen Toilettentisch mit Spiegel und rosa Sèvres-Porzellan. Und ich hatte gerade im angrenzenden Badezimmer in einer schimmernden weißen Wanne geduscht.

Es war der zweite Abend unserer Hochzeitsreise, und ich dachte mir, dass Charles vielleicht anklopfen würde. Am Abend davor hatte ich nicht mit ihm gerechnet, weil er im Zug zweimal gesagt hatte, der Trubel habe ihn stark ermüdet. Mir war das durchaus recht gewesen, ich musste mich noch daran gewöhnen, mit ihm verheiratet zu sein, und das war ein sonderbares Gefühl – so als hätte man etwas gekauft, und schon draußen vor dem Laden bereut man es und redet sich den halben Weg ein, es wäre ja nichts Besseres zu haben gewesen.

Ich stand also in meinem cremefarbenen Seidenpyjama mitten auf dem himmelblauen Teppich und dachte, dass ich nun meine Zimmertür abschließen und mich dann schlafen legen könnte. Am Abend war Charles überhaupt nicht anzumerken gewesen, ob er vorhatte zu kommen, er hatte die ganze Zeit fleißig den Reiseplan für den nächsten Tag studiert.

Aber gerade, als ich abschließen wollte, klopfte es leise.

Verrückt, da griff mir doch glatt die Angst an die Kehle. Ich hatte eine Heidenangst vor Charles – ich wusste fast nichts von ihm, nur dass er kluge Bücher schrieb und Kunstkritiker war und dass er mich in unseren zwei Monaten Verlobungszeit ab und zu geküsst hatte – dezent. Ein einziges Mal nur hatte er mich an den Hüften zu sich hingezogen, ein bisschen grob eigentlich, seine knochigen Finger hatten mir weh getan, aber gleich darauf ließ er mich wieder los, so als hätte er mich aus Versehen belästigt. Und nun galt es abzuwarten, was er wollte.

Ich hätte schreien mögen, aber das tat ich natürlich nicht, weil ich in einem Hotel war und im Zimmer nebenan wahrscheinlich jemand schlief. Darum rief ich nur »ja«. Und im gleichen Augenblick wurde mir schlecht, so wie damals als Kind, wenn ich gegen meinen Willen etwas aushalten musste.

In den zwei Jahren, die ich mit Charles verheiratet war, hatte ich es ständig am Magen – Charles hat mehrmals einen Spezialisten kommen lassen, weil er nicht glauben wollte, dass es nur nervöse Magenbeschwerden waren, wie der Hausarzt sagte. Es ärgerte ihn, dass er die Ursache nicht kannte.

Als Charles ins Zimmer kam, sah ich mich nach einer Schüssel oder etwas dergleichen um, in das ich mich erbrechen konnte. Aber da war nichts, also schluckte ich so lange, bis ich meinen Magen wieder unter Kontrolle hatte.

Ich glaube, für Charles war es auch nicht leicht, zum ersten Mal Ehemann zu sein, aber er war es gewohnt, auf sich selber zu achten, als bekannter Mann hatte er es ja nicht immer einfach. Jedenfalls schien er selbstsicherer zu sein als ich, er kam auch in einem adretten *coin de feu,* und ich stand schon in meinem dünnen Pyjama da.

Er setzte sich in einen Sessel und zog mich auf sein Knie, und weil ich so wenig anhatte, konnte er mit mir machen, was er wollte. Aber da merkte ich, dass er im Grunde gar nichts wollte, allenfalls ein bisschen an meinem Körper herumspielen.

Das war mir unbegreiflich, ich kannte das nicht. Groenmans war jung gewesen wie ich, wir haben oft Späße miteinander gemacht, aber irgendwann kam immer der Moment, dass wir Brust an Brust lagen.

Charles magere Hände dagegen spielten mit mir – ekelhaft war das. Später wurde mir der Grund dafür deutlich – er war schon vierundvierzig und hatte eine schwache Konstitution.

Nein, mehr sage ich nicht darüber. Das wäre zu schlimm für Sie. Und ich selber weiß, auch ohne es zu erzählen, wie schlimm es war.

Ich habe die mageren Hände ertragen müssen – mich schaudert es noch heute, wenn ich daran denke, sie krochen wie Spinnenbeine über meine Haut. Meine eigenen Hände habe ich gehasst, manchmal hätte ich sie am liebsten ins Feuer gehalten – einmal habe ich geträumt, sie würden mir abgehackt, und das machte mich zufrieden.

Zwei Jahre habe ich durchgehalten. Keine Ahnung, warum ich nicht eher auf und davon bin, heute glaube ich, dass ich nicht vergessen konnte, was ich zu Hause bei Mutter gelernt hatte: dass man tun muss, was man versprochen hat.

Und Charles hielt sein Versprechen sehr treu. Bei der Rückkehr von unserer Hochzeitsreise war am Ende des Marmorgangs ein Kuppelzimmer für mich angebaut worden, Charles hatte es von einem namhaften Innenarchitekten gestalten lassen. Es war ein wirklich außergewöhnlicher Raum; an den Wänden, die mit Blattgold überzogen waren, hingen nur ein paar Masken – später habe ich ausprobiert, wie sich ein Kakemono macht, aber das Gold erdrückte alles. Das Zimmer war ganz in Gold und Ebenholz und Elfenbein gehalten – wenn Charles Gäste im Haus herumführte, achtete er immer genau darauf, welchen Eindruck mein Zimmer hinterließ. Er sorgte auch für Blumenschmuck, er brachte mir Lilien oder Orchideen und sah zu, wie ich sie arrangierte. Außerdem betrachtete er gern mein Profil vor dem Hintergrund der goldenen Wände.

Wirklich hassen konnte ich ihn nie, da war immer auch ein wenig Mitleid, bis zum Schluss – ich wusste ja, dass er es schwer im Leben hatte. Das rührte zwar daher, dass er es sich selber schwermachte, aber er verstand es nun einmal nicht anders. Er hat sich nie klargemacht, dass er über das, was er hat, selber bestimmen kann, dass man ruhig etwas wegwerfen kann, das überflüssig oder im Weg ist. Alles, was er einmal hatte, war ihm wichtig – seine Sammlungen und seine Ideen und seine Zinsen aus dem Familienvermögen und ich.

Ich glaube, dass ich ihm sehr wichtig war, nachdem ich seine Frau geworden war – er wollte ein guter Ehemann sein, das hatte er sich vorgenommen. Im Grunde hätte er wissen müssen, dass ich zu jung für ihn war. Er wollte mir alles Mögliche beibringen, er besichtigte mit mir Museen und Privatsammlungen und gab mir Bücher mit Zetteln an den Stellen, die wichtig waren. Anfangs fand ich das noch irgendwie rührend, ich versuchte, zu lernen und zu lesen, auch wenn mir nicht sonderlich daran lag – aber später schob ich alles beiseite, was er brachte, unser ehelicher Umgang erschöpfte mich schon genug.

Er war so eifrig und anstrengend. Und viel zu alt für mich, auch wenn er das nicht wahrhaben wollte, er war ja immer so selbstzufrieden. In dieser ersten Nacht ist er zweimal in sein Zimmer zurück – aber er hatte sich vorgenommen, Ehemann zu sein, darum kam er wieder, auch zum dritten Mal. Er hatte noch den Anspruch, mir etwas beibringen zu wollen – da habe ich ihm von Groenmans erzählt, was ich vorher nie getan hatte.

Ja. Auf einmal musste ich das sagen, warum, weiß ich selber nicht, aber auf keinen Fall, um ihn zu ärgern. Ich glaube, es war aus Mitleid. Weil ich dachte, es würde ihn beruhigen zu wissen, dass er mir nichts mehr beizubringen brauchte. Aber es half nichts, er wurde nur stürmischer.

Natürlich hat er mir keine Vorwürfe gemacht, er war modern eingestellt und hatte mich auch nie vorher nach meinem früheren Leben gefragt – nach meiner Familie und dergleichen schon. Vielleicht hatte er insgeheim die Hoffnung, dass ich vor ihm noch keinen Mann gehabt hatte, jedenfalls ließ er sich seine Enttäuschung nicht anmerken. Er meinte nur, jetzt wolle er aber alles wissen.

Ja. Da musste ich, als er in dem Bett mit dem Kupfergestell und den blauen Seidenbezügen endlich selbstzufrieden neben mir lag, alles erzählen, was ich erzählen konnte – aber es hat mir immer an Worten für ausführliche Beschreibungen gefehlt. Und gerade das war das Furchtbare, denn er wollte *alles* hören, genau so, wie es gewesen war. Er stellte Fragen über Fragen – ihm fehlte es nicht an Worten –, also musste ich mit seinen Worten beschreiben, wie das zwischen Groenmans und mir gewesen war.

Als er fragte, ob das nun alles gewesen sei, sagte ich »ja«.

Und danach hatte ich immer das Gefühl, er wolle beweisen, dass er Groenmans überlegen war.

Keine Frage, er war vierundvierzig und reich, er hatte Auslandsreisen gemacht und mehr Frauen kennengelernt als ein gewöhnlicher Handelsvertreter. Diese Frauen hatten ihm viel beigebracht, zu viel, er konnte das nicht mehr vergessen – aber mich ekelte das alles an. Trotzdem habe ich mich nicht gleich geweigert, auf diese Weise mit ihm verheiratet zu sein. Zu Anfang habe ich es, glaube ich, als meine Pflicht angesehen, diese Ehe mit ihm durchzustehen – es war ja auch meine Schuld, dass er mit mir verheiratet war.

Aber ich habe es nicht geschafft, meine Pflicht zu erfüllen. Das Ende hat ganz banal damit angefangen, dass ich krank wurde.

Nicht schlimm krank, nein. Ein nervöser Magen, sagte der Hausarzt. Ich mochte den Arzt gern, er war ein ruhiger, gelassener Mann. Wenn er etwas nicht wusste, zuckte er die Schultern, das hatte er auch getan, als ich mich untersuchen ließ, weil ich wissen wollte, warum ich kein Kind bekam. Damals hatte er bedächtig gesagt, dass bei mir keine besondere Abweichung vorliege, also könne er daran nichts ändern, es gebe nun einmal unfruchtbare

Ehen, und dann hatte er nach dem nächsten Patienten geklingelt.

Der Magen hat ihn nicht groß interessiert, dafür fiel ihm auf, dass ich schlapp und schlecht aussah, deshalb riet er mir, mich ein Weilchen auszuruhen. Ich wollte wissen, wovon – da zuckte er die Schultern, sah sich in meinem schönen Zimmer um und sagte dann noch einmal: »Sie brauchen Ruhe, gehen Sie regelmäßig allein spazieren.«

Charles gab sich damit nicht zufrieden, er ließ einen Magenspezialisten kommen, der ebenfalls nichts Beunruhigendes fand, allerdings empfahl er nicht Ruhe, sondern Ablenkung. Und der teure Magenspezialist, der danach kam, hat mich zwar vierzehn Tage zur Beobachtung in seine Klinik aufgenommen, war aber am Ende auch nur der Meinung, ich bräuchte Ablenkung. Daraufhin musste Charles sich damit abfinden, dass er die Ursache nicht kannte, aber wenigstens konnte er nun sicher sein, dass ich Ablenkung brauchte.

Lustig. Niemand ist sich mehr sicher, was Gott angeht, das steht fest, aber an den Arzt glaubt jeder ein bisschen. Charles fühlte sich als Ehemann natürlich verantwortlich, darum sorgte er sehr gewissenhaft für Ablenkung.

Er reiste mit mir nach Capri und in kleine italienische Bergdörfer und nach Norwegen und nach

Tunis, und überall hatte ich meine Magenschmerzen und meine Essunlust. Charles machte sich deswegen wirklich Sorgen – er bemühte sich auch sehr, ein munterer, angenehmer Reisegefährte zu sein, er erzählte mir etwas zu allem, was uns so begegnete, er fand immer die richtigen Worte. Und auf seine eigene Art gab er sich verliebt, er tat so, als wäre er mein Liebhaber, obwohl wir verheiratet waren. Er hatte sich angewöhnt zu reden, wenn er mich in den Armen hielt, um sich mit Liebesworten anzuspornen.

Aber ich biss die Zähne zusammen, wenn er in mein Ohr flüsterte, er vergaß ja nie, dass er Worte sagte.

Es hat lange gedauert, ehe ich laut etwas Liebes sagen konnte, zu Hannes ... vielleicht habe ich es auch nie richtig gekonnt.

Weiter! Als wir von der letzten Norwegenreise zurückkamen, war es Juli und sehr warm, darum bezogen wir nicht unser Stadthaus, sondern den schattigeren Landsitz, den Charles sich aus dem Erbe seines Vaters ausgesucht hatte. In einem Garten mit baumbestandenen breiten Wegen und mit Teichen stand das hohe weiße Haus, alles darin war hoch und weiß, die Stuckdecken und die marmornen Kamineinfassungen und die Betthimmel aus Nessel – als ich dort den zweiten Tag am weiß und silbern gedeckten Speisezimmertisch Charles gegenübersaß, fiel mir ein, dass ich meinen Vater und meine Mutter wieder einmal besuchen könnte. Also sagte ich zu ihm, ich hätte Sehnsucht nach meinen Eltern.

Dass er mitkommen könnte, kam mir überhaupt nicht in den Sinn, ihm aber schon, er entschuldigte sich. Das schien mir völlig unnötig, und ich sagte es auch – er schickte jeden Monat eine erkleckliche Summe, und ich wusste, dass er sich in einer kleinbürgerlichen Umgebung unwohl fühlte.

Beim Packen des Schweinslederköfferchens für mich allein merkte ich, dass ich sang. Als die Waggontür zwischen Charles und mir geschlossen wurde und der Zug anruckte, holte ich tief Luft – jetzt war ich wirklich einmal auf Reisen.

Der Zug fuhr an Wiesen und hellen Bauernhäusern und staubigen Kleinstädten und Gärtnereien vorbei. Ich schaute und schaute und freute mich an allem, was ich sah – verrückt, dass ich mich damals an ganz Alltäglichem freuen konnte, wo ich doch kurz vorher so viel Schöneres gesehen hatte. Und ich merkte nicht einmal, dass auf meinem Schoß der Roman lag, den Charles mir noch rasch gekauft hatte, ich sah mich an den Wiesen und den Wassergräben und den Heuhaufen satt, und ich habe gelacht, laut einer großen rotbraunen Kuh zugelacht, die hinter einem faulen Burschen her über die Weide trottete. Aber als der gedrungene alte Turm in Sicht kam, der mir früher so groß vorgekommen war, habe ich leise in mein Taschentuch geweint.

Ich war zwischendurch öfter zu Hause gewesen, für gewöhnlich fuhr ich einmal im Jahr für einen Tag hin – aber nach Hause gesehnt hatte ich mich nie, ich war immer hingegangen, weil ich es als meine Pflicht ansah, die alten Eltern zu besuchen. Vater hatte natürlich längst vergessen, dass er mich verflucht hatte – er nahm meine Mitbringsel gern an, in den letzten Jahren war er sogar ein wenig ehrerbietig und unterwürfig geworden, weil ich so viel schenken konnte. Er wollte auch wissen, was ich in der Stadt alles machte und erlebte, das erzählte er später den Leuten weiter, die ihn besuchen kamen.

Mutter dagegen war stets die Gleiche, sie stellte noch immer keine Fragen, der einzige Unterschied zu früher war die Art, wie sie mich bediente – ich bekam meinen Tee in der schönen geblümten Porzellantasse, die ich ihr einmal geschenkt hatte und die sonst einen Ehrenplatz auf der Kommode hatte. Mutter sagte auch den ganzen Tag über nichts, sondern schaute nur – und wenn ich dann ging, bestürzte mich ihr noch immer hungriger Blick.

Bei meinem letzten Besuch zu Hause, vor meiner

Heirat, hatte sie mich bereits nicht mehr so anschauen können, weil ihre Augen sehr schlecht geworden waren – sie war schon beinahe blind, deshalb habe ich dafür gesorgt, dass eine Frau sich um sie und meinen Vater kümmerte und den Haushalt versah. Seitdem hielt diese Frau mich einigermaßen auf dem Laufenden, wie es zu Hause lief – erst vor kurzem hatte sie geschrieben, Mutter könne jetzt gar nichts mehr sehen.

Als wir nachmittags am offenen Fenster saßen – Mutter in ihrem Lehnstuhl mir gegenüber –, überraschte ich sie mit der Mitteilung, dass ich diesmal ein paar Tage bleiben und gern zu Hause übernachten wolle.

Mutter lauschte noch, als ich geendet hatte, Blinde hören anders hin als wir. Sie fragte: »Hast du etwa Sehnsucht nach deinem alten Bett?«

Da habe ich den Kopf auf den Tisch gelegt, das Wachstuch war kalt und mein Kopf sehr warm, ich wollte nicht weinen, Mutter durfte nichts merken. Aber ich konnte auch nicht mehr tapfer sein, darum habe ich keine Antwort gegeben. Schließlich sagte sie: »Wenn du ein paar Monate eher gekommen wärst, hätte ich dich noch sehen können.«

Dann streckte sie suchend die Hand nach mir aus, ich habe mich an sie geschmiegt, ich konnte einfach nicht mehr – ich war so unglücklich, dass mir das Herz weh tat. Und sie tröstete mich, sie strich mir immer wieder übers Haar und betastete dann vorsichtig meine Wangen, dabei bemerkte sie natürlich die Tränen, die ich nicht hinunterschlucken hatte können. Und da holte sie ihr großes weißes Taschentuch aus dem Rock und wischte die Tränen ab, wie sie es bei uns allen getan hatte, als wir klein waren. Das half tatsächlich immer noch – und als ich dann die Stelle an ihrer Schulter fand, an der ich mich ausweinen konnte, war ich wieder ein kleines Mädchen, das sich trösten lässt.

Die ganzen drei Tage bei ihr bin ich das kleine Mädchen geblieben, ich habe mit Genuss Sirupbrote gegessen wie schon neun Jahre nicht mehr, und ich habe mit Lientje gespielt, die auf ihrem kleinen Herd, den wir zusammen gekauft hatten, kochen durfte. Und die ganze Zeit lauschte Mutter, so, wie sie früher auf mich geschaut hatte – sie lauschte auf mein Leben.

Damals habe ich das zum ersten Mal so empfunden. Vielleicht hatte sie ja immer so gelauscht und geschaut, auf mich, auf uns alle, aber Kinder und Halbwüchsige merken nicht gerade viel. Vielleicht war das schon immer, mein Leben lang, so, ohne dass ich es gemerkt habe.

Ja. Es muss an mir gelegen haben, denn Lientje war schon da bewusst, wie Mutter auf sie lauschte, dabei war sie erst zehn. Jetzt erinnere ich mich, wie sie von der Schule nach Hause kam, sie steckte den Kopf durchs offene Fenster und rief: »Hier bin ich!« Dann kam sie zur Hintertür hereingerannt und ließ sich von Mutter küssen.

Gott – wie furchtbar ist das! Gerade wollte ich erzählen, wie Lientje war, ich wollte etwas über das kleine runde Kindergesichtchen sagen – und mit einem Mal hat sie ein weißes Erwachsenengesicht voller Blut.

Nein – ich muss es aber erzählen, bis zum Ende. Es ist auch meinetwegen, mir wird etwas klar.

Bleiben Sie sitzen! Sitzen Sie doch still …! Die andern bewegen sich schon, gleich wachen sie auf … und mir wird gerade etwas klar.

Drei Tage war ich wieder ganz Mutters Kind. Am ersten Abend, als ich mich im Bett mit dem Metallgestell zusammengerollt hatte, aus dem ich geflohen war, kam sie und deckte mich zu. Ich lag ganz still, um es zu spüren, ich spürte auch, dass sie etwas sagen wollte. Aber sie sagte nichts. Drei Tage habe ich in der Stube gewohnt, und dabei dachte ich manchmal, ich hätte seinerzeit auch gut bleiben können, die mit schwarzem Trippsamt bezogenen Stühle waren hässlich, aber so vertraut. Und jeden Abend, wenn ich nach der Kuhle in der Strohmatratze suchte, genoss ich es, endlich wieder allein in meinem eigenen Bett zu liegen. Aber als ich am letzten Morgen das Bettzeug abzog und die Decken zusammenlegte, wusste ich, dass sich an dem, was einmal geschehen ist, nichts ändern lässt.

An diesem letzten Vormittag haben wir noch ein Weilchen zusammengesessen und geredet, Mutter und ich – ich wurde dabei immer stiller, Mutter dagegen erzählte ganz normal von den normalen Familienereignissen. Zwei meiner Schwestern waren bereits verheiratet und zwei in Stellung, ein Bruder fuhr zur See, einer war beim Militär, und dann waren da noch der künftige Schullehrer und der Schleusenwärter – es gab wahrhaftig viel zu erzählen. Aber die ganze Zeit hatte ich das Gefühl, sie habe noch etwas auf dem Herzen. Nach einer Weile sagte sie: »Nur Lientje braucht mich noch.«

Ich wartete, ob noch etwas kam, Mutter brauchte viel Zeit, um etwas zu sagen. Und als nichts kam, sagte ich: »Du kannst ja noch lange bei ihr sein.«

Wie es um sie stand, wusste ich nicht genau, weil ihr Arzt verreist war, ich wusste nur, dass sie schwer nierenkrank war, daher kam auch die Blindheit. Aber einen kranken Menschen versucht man eben aufzumuntern.

Mutter war schon so lange krank, dass das an ihr vorbeiging; als hätte ich nichts gesagt, fuhr sie fort:

»Ich wäre längst tot, wenn ich nicht solche Angst hätte, Lientje bei dieser Frau zurückzulassen. Ist das Kind denn ordentlich sauber?«

Lientje sah nicht vernachlässigt aus, wenn auch nicht so reinlich, wie eine Mutter solch einen netten kleinen Blondschopf in die Schule schicken würde, und das sagte ich ehrlich – Mutter wartete auf meine Worte, genau wie sie früher darauf gewartet hatte, dass wir die Wahrheit sagten.

Dann nickte sie. »Ich habe es mit den Händen gespürt«, sagte sie. »Und wenn ich nicht mehr bin, verwahrlost das Kind ganz und gar – und dann ist auch niemand mehr da, den es liebhaben kann …«

Plötzlich verstummte sie – Vater war ja auch noch da. Aber ich hatte schon verstanden – es wäre dann niemand mehr da, der auf Lientjes Schritte draußen auf der Straße lauschte, wenn sie nach Hause kam.

Und ehe ich mich's versah, sagte ich: »Dann kommt sie eben zu mir.« Verrückt, ich erschrak, kaum dass ich es gesagt hatte, keine Ahnung, warum. Vielleicht wegen der Vorstellung, dann doch für ein Kind sorgen zu müssen.

Sicher, ich hatte mich bei meinem Arzt erkundigt, warum ich keine Kinder bekam, im Grunde war ich aber nur hingegangen, weil Charles es wissen wollte, ich hatte mir nie ein Kind von ihm gewünscht – für ein Kind zu sorgen kann einen auch erschöpfen.

Mutter hatte gehört, dass ich erschrocken war, sie seufzte. Aber dann nickte sie wieder und sagte: »Du bist die Erste, die ich darum bitten wollte, die anderen müssen ja aufs Geld schauen, da ist so etwas nur eine Belastung.«

Ich habe Mutters Hände genommen und gesagt, Lientje würde keine Belastung sein, sie sei ein so hübsches, liebenswertes Kind mit guten Manieren, dass wir sie gern um uns haben würden, und ich würde dafür sorgen, dass sie es wie eine kleine Gräfin bei uns hatte.

Weil Mutter schwieg, überlegte ich, was sie wohl noch hören wollte, und sagte, ein jeder müsse Lientje gernhaben, sie sei wirklich ein Schatz.

»Sie muss *dich* gernhaben«, sagte Mutter.

Und dann habe ich, mit Mutters Händen in meinen, versprochen, was ich nur versprechen konnte – dass ich mir alle Mühe geben würde, damit Lientje mich gernhatte.

Mutter hat nie laut gebetet, aber da spürte ich an ihren Händen, dass sie betete – die Augen hielt sie sowieso immer geschlossen.

Auf der Rückfahrt saß ich ganz still in meiner Ecke, und die ersten Tage habe ich Charles mit etwas anderen Augen betrachtet – aber er begriff nicht. Er war fest überzeugt, dass er mir die drei Tage und Nächte gefehlt hatte, und er war so selbstzufrieden und verliebt wie immer, so dass sich mein gewohnter Widerwille und die gewohnte stille Verzweiflung bald wieder einstellten.

Ein paar Wochen darauf fragte die Frau brieflich an, ob ich Lientje abholen könne, der Arzt habe nämlich gesagt, die letzte Zeit einer Nierenkranken könne für die Familie sehr belastend sein, und außerdem habe sie keine Zeit mehr, sich um das Kind zu kümmern. Da bin ich nach Hause gefahren, um Lientje zu uns zu holen und um Mutter noch einmal zu sehen, aber Mutter war nicht mehr sie selber, sondern ein Wesen, das mich nicht mehr erkannte – daraufhin habe ich die Sachen des Mädchens zusammengepackt und bin geflohen.

Die Kleine wollte zunächst nicht mit. Sie wusste, dass sie bei mir in einem schönen Haus mit großem Garten wohnen würde, klammerte sich aber bis zuletzt an Mutters Hand fest, obwohl die nichts mehr davon merkte. Erst als ich versprochen hatte, sie dürfe wieder nach Hause, sobald es Mutter bessergehe, hat sie die Hand losgelassen, und später hat sie auch immer wieder gefragt, ob es denn nicht endlich so weit wäre. Bis ich ihr sagen musste, dass Mutter nicht mehr lebte und sie nun für immer bei mir bleiben würde.

Sie hat nicht viel geweint, aber als ich abends vom Begräbnis zurückkam, fand ich sie vor ihrem Bett kniend vor. »Jetzt sage ich auch hier mein Nachtgebet auf«, sagte sie, »für Mutter.«

Charles war sofort damit einverstanden gewesen, dass sie kam und blieb, das Kind sei eine hervorragende Ablenkung für mich, meinte er. Nur dürfe sich unsere Lebensweise wegen Lientje nicht ändern.

Als er merkte, dass ich morgens früher aufstand, um dem Kind die Locken zu bürsten und mit ihm zu frühstücken, missfiel ihm das sehr, er fand es spießbürgerlich, die Wäschemamsell könne es genauso gut machen; seiner Meinung nach spielte es für die Erziehung keine Rolle, wer einem Kind die Nägel schneidet.

Er redete auch immer so mit Lientje, als wäre sie auf Logierbesuch, freundlich zwar, aber leicht von oben herab. Ich hoffte, bei ihr etwas von Mutter zu finden; wenn sie neben mir saß, legte ich gern den Kopf an ihre kleine Schulter.

Dabei sah sie Mutter überhaupt nicht ähnlich, sie war blond und hatte große blaue Augen, ich selber glich Mutter auf dem Foto aus ihrer Jugendzeit viel mehr. Und doch war mir manches an Lientje vertraut – sie konnte auch ganz ruhig dasitzen und ohne Grund hochschauen, während ihre Hände beschäftigt waren. Und wenn Erwachsene dumme Scherze mit ihr machten, hatte sie das gleiche lustige, weise Lächeln wie Mutter.

Ich fand es, glaube ich, schön, sie damals in dem großen Landhaus bei mir zu haben. Ich habe sie im Auto zu allen Spielplätzen der Umgebung gefahren, auch zu einem Blumenkorso, meine ich, und zu einem historischen Umzug. Es war mir sehr recht, nicht immer nur Charles um mich zu haben, und das kleine Ding war wirklich ganz reizend. Aber ich erinnere mich nicht mehr an viel von damals, alles ist so wirr – wenn ich an diesen Sommer zurückdenke, sind mir hauptsächlich die vielen Nächte erinnerlich, in denen es nicht abkühlen wollte, und dass ich dann oft mit geballten Fäusten wachlag.

Ja. Sonst wäre es nicht mehr gegangen. Ich konnte Charles nicht mehr ertragen, ich ließ einfach alles über mich ergehen. Schlief er dann, lag ich mit offenen Augen im Dunkeln, manchmal biss ich noch die Zähne zusammen – aber mein Gehirn funktionierte nicht mehr – ich konnte nicht mehr denken.

Allerdings habe ich öfter geflucht, leise zwischen den Zähnen durch, alle Flüche, die ich kannte. Hier habe ich das zu Anfang auch gemacht, Schwester Marie hielt sich die Ohren zu, wenn sie an meinem Bett vorbeikam.

So verging der Sommer bis zur letzten Augustnacht, der Nacht unseres zweiten Hochzeitstags.

Unsere Gäste waren gegangen, nur wir beide saßen noch auf der großen Veranda in unseren großen Sesseln. Es war drückend warm, ein Gewitter stand bevor, aber noch wehte kein Wind, der die Wolken zusammentrieb.

Charles hatte die Beine von sich gestreckt und seine Lackschuhe von den Füßen getreten, er hatte abends oft geschwollene Füße, auch wenn er das nicht zugeben wollte. Ich sehe noch vor mir, wie er in seinen lila Socken spielerisch die Zehen bewegte.

Und unterdessen redete er, in einer Tour redete er weiter, obwohl er schon den ganzen Abend viel geredet hatte. Sein Buch war herausgekommen, in den Zeitschriften und in einer Tageszeitung hatten bereits lobende Rezensionen gestanden – seine Bekannten hatte ihm am Abend mit seinem Champagner zugetrunken. Er hatte die ganze Zeit über großgetan und geistreiche, kluge Bemerkungen gemacht, er war ständig wie auf Zehenspitzen gegangen. Und mit mir hatte er auch angegeben – schon am Morgen beim Frühstück hatte er mir eine antike Halskette umgelegt, die er aus einem spanischen Familienbesitz für mich gekauft hatte, die Kette mache eine Edelfrau aus mir, meinte er.

Sie war aus Perlen und Amethysten und sehr schwer, der Verschluss scheuerte an meiner Haut, aber das sollte noch geändert werden, und ich tat ihm den Gefallen, sie trotzdem zu tragen. Sie nahm sich prunkvoll und üppig auf meinem grünen Satinkleid aus, alle Gäste hatten etwas Schmeichelhaftes gesagt. Ich spielte ein wenig an dem schweren Kreuz herum, das in meinem Schoß lag, und Charles betrachtete meine Hände; es war, als würde er mit meinen Händen reden.

Er redete auch noch, als das Personal die Überreste vom Fest hinter uns weggeräumt hatte, er lauschte seinen eigenen Worten, immer schöneren Worten, je länger er sprach. Inzwischen ging es um seine Lebensauffassung und seine Lebenshaltung – sogar für mich allein stellte er sich auf die Zehenspitzen – er sagte, das Leben habe nur dann eine Bedeutung, wenn man es in Schönheit und in Fülle und nach dem eigenen Willen verbringe; wer so lebe, sei ein Renaissancemensch. Er sprach weiter über diesen Renaissancemenschen wie über einen Bekannten. Schließlich bin ich aufgestanden und gegangen, weil ich seine Stimme nicht mehr hören konnte, und ich dachte, er würde das merken; ich wollte nachsehen, wie Lientje bei dieser Wärme schlief.

Aber als ich später in mein Zimmer kam, erwartete er mich dort, er trat auf mich zu und machte mir das Kleid auf. Ich wollte erst die schwere neue Kette aufhaken, aber das ließ er nicht zu.

»Die musst du anbehalten«, sagte er, »ich will meine Dame statiös sehen.«

In Socken stand er da, er war nicht größer als ich, ich spürte seine Nähe, er roch nach sich selber und nach Champagner, es war ein unangenehmer Geruch wie faulige Äpfel – ich dachte: Er ist verdorben. Als er die Arme nach mir ausstreckte, bin ich ins Badezimmer gelaufen, dort habe ich mein edles Satinkleid erst in eine Ecke getreten und dann wieder aufgehoben.

Wieder im Schlafzimmer, war ich nackt unter meinem Morgenmantel, die Kette trug ich aber noch darüber – einen eigenen Willen hatte ich schon lange nicht mehr, müssen Sie sich vorstellen.

Diese letzte Nacht mit ihm war furchtbar, die Hölle, ich hatte nicht gewusst, dass es so etwas gibt – er war noch nie so verliebt und so machtlos gewesen – er schwitzte, und ich hatte dauernd diesen ekelhaften Fäulnisgeruch in der Nase. Und er wollte und wollte nicht gehen, immer wieder aufs Neue zog er mich an sich, und seine Hände wurden immer gieriger – er wollte einfach nicht wahrhaben, wie erbärmlich impotent er war. Er klebte förmlich an mir und keuchte mir seine Liebesworte wie Beschwörungen ins Ohr, aber irgendwann hörte er gar nicht mehr, was er sagte – er packte mich um die Hüften – er schrie: »Luder!«, und verbiss sich in mir.

Als ich mich mit Schlägen zur Wehr setzte, wurde er wild und wollte mich wieder packen, er erwischte aber die Kette, und die eckigen Glieder bohrten sich in meine Haut. Ich schrie, bis er merkte, was er tat, daraufhin lief er davon, in sein Zimmer.

Ich blieb liegen, ausgestreckt wie eine Tote – aber als mir von meinem Laken sein Geruch wieder in die Nase stieg, hielt es mich nicht mehr im Bett, ich bin barfuß ins Freie gerannt, in den Garten – ich wusste nicht, wohin. Ich wollte zum Teich, glaube ich, denn auf einmal stand ich am Rand, aber dann habe ich kehrtgemacht, weil Lientje im Haus schlief.

Aber noch ehe ich beim Haus war, bin ich auf dem Rasen unter der Linde zusammengesunken.

Dort lag ich, das Gesicht im Gras, und so blieb ich liegen, bis ich den Duft des Grases wieder riechen konnte. Und zugleich hörte ich in der Ferne Gewittergrollen. Ich blieb längelang liegen, weil ich noch nicht aufstehen und weitergehen konnte – und auch, weil ich spüren wollte, wie die Luft abkühlte.

Dann fielen die ersten Tropfen, sie waren lauwarm.

Und im nächsten Augenblick merkte ich, wie schmutzig ich war, wie dreckig und liederlich, wie faulig mein eigener Körper – ich lag noch im Gras, und die Tropfen fielen immer schneller, endlich bin ich aufgesprungen, ich habe den langen Morgenmantel abgeworfen und mich nackt in den Regen gestellt.

Niemals vergesse ich, wie das war. Ich spürte, wie mein besudelter Körper nass wurde, und ich lachte, ich lachte und weinte, ich habe die Arme emporgehalten, damit die Tropfen möglichst lange über meine Haut rinnen konnten.

Es blitzte ständig, aber mir kam gar nicht in den Sinn, dass jemand mich sehen könnte, ich spürte, wie der Regen mich wusch, und beobachtete die an mir herabrinnenden Tropfen – plötzlich sah ich, dass rote dazwischen waren; sie kamen von meiner Brust, wo die Kette ins Fleisch geschnitten hatte.

Ein roter Tropfen nach dem anderen wuchs und löste sich und floss mit einem Wassertropfen zusammen, der dann rosa wurde und von mir abfiel.

Da habe ich die Kette von mir geschleudert und die Haare ausgeschüttelt, so dass sie mir über die Schultern fielen, und so habe ich lange dagestanden und die Hände und den Mund in den Regen gehalten. Bis plötzlich Charles' Stimme erklang: »*Cinquecento!* Herrlich, herrlich!«

In einem Regenmantel stand er da, wieder ganz feiner Herr. Und er schaute zu mir her, leicht kurzsichtig hinter seiner Hornbrille, aber doch begeistert.

Da bin ich außer mir geraten, ich habe mich auf ihn gestürzt und ihn blindlings mit Schlägen traktiert, ich habe mir die Faust an seinen Zähnen aufgerissen. Und dann, auf einmal, habe ich meinen Morgenmantel an mich gerafft und bin zum Gartenhaus gerannt, dort habe ich mich eingeschlossen.

Und er hat draußen wie ein Hund gewinselt, um eingelassen zu werden. Aber meine Hände wollten die Tür nicht mehr aufmachen.

Erst als es allmählich hell wurde, habe ich nachgesehen, ob er fort war; danach bin ich über einen Umweg zum Haus gelaufen. Er saß schlafend auf der Veranda, ich bin vorsichtig an ihm vorbei und habe in meinem Zimmer alles zusammengesucht, was ich mitnehmen wollte.

Als er am Morgen zu mir kam, rasiert und gewaschen, aber erschreckend unsicher hinter seiner Herrengesichtsfassade, da war mein Koffer schon gepackt. Ich saß darauf – ich war froh und aufgeregt und sah mich in dem Zimmer um, das ich verlassen würde, am liebsten hätte ich in jede Ecke gespuckt. Aber Charles sollte nicht merken, wie froh ich war, er tat mir schon wieder ein wenig leid.

Er blinzelte hinter der Brille – er würde mir nicht nachtragen, was in der Nacht vorgefallen sei, sagte er – er wisse, dass ich nervös sei, und würde das Ganze einfach vergessen.

Da musste ich lachen, einfach nur lachen, ich konnte wieder wie ein normaler Mensch lachen, ich war wieder frei und habe gesagt, dass *ich* es keinesfalls vergessen würde, meiner Lebtag nicht – und dass ich ihm trotzdem noch ein ruhiges Leben und einen sanften Tod wünschte.

Ziehen Sie die Vorhänge auf, Schwester, der Tag hat schon überall begonnen.

Jetzt müssen Sie mir aber ins Bett helfen, meine Beine wollen nicht mehr, ich bin zu müde.

Seltsam – dass man so müde werden kann, nur indem man sein Leben erzählt.

Und dabei war das längst nicht alles – das Schlimmste, das Schwierigste habe ich noch nicht erzählt.

Aber vielleicht bin ich nun müde genug zum Schlafen. Ich kann auch einschlafen, wenn es hell ist und laut um mich herum, ich muss nur dann wach bleiben, wenn meine Gedanken nicht schlafen wollen.

II

Ich wusste, Sie würden kommen. Ich habe mich nach Ihnen gesehnt. Seltsam war das – ich konnte wieder etwas ersehnen. Als Schwester Marie heute Morgen sagte, Sie hätten hier bei den Isolierten Nachtdienst, habe ich mich die ganzen Stunden nach Ihnen gesehnt.

Es war das erste Mal, dass Schwester Marie etwas erzählte; dass sie mit mir sprach wie mit einem normalen Menschen, kam mir seltsam vor, einen Moment dachte ich: Vielleicht will sie mich ja zum Reden bringen. Aber ich habe nichts gesagt.

Und dann kam der Arzt in das Zimmerchen, in dem ich jetzt allein liege, um nach mir zu schauen. Zu *ihm* konnte ich etwas sagen. Auf seine Frage, ob ich mit der Veränderung zufrieden sei, sagte ich: »Danke, so ist es viel besser.«

Es ist auch tatsächlich besser hier, ich bin allein. Die Tür zum Flur muss natürlich offen bleiben, weil Schwester Marie dort die Aufsicht führt. Zudem höre ich die Geräusche aus den anderen

Zimmern entlang des Flurs, darin liegen Patienten, die sich ganz furchtbar anhören. Aber wenigstens brauche ich sie nicht zu sehen.

Ich habe viel mehr Ruhe. Wenn ich jetzt mit offenen Augen daliege, sehe ich nichts mehr, was mich müde macht. Ich kann vor mich hin starren und dabei nichts sehen.

Setzen Sie sich heute Nacht wieder zu mir? Die Tür zur Flur muss ja offen sein, und die anderen schlafen sicherlich.

Seltsam, dass Verrückte noch den Unterschied zwischen Tag und Nacht wahrnehmen können. Ich nehme ihn auch wahr. Bei Tag könnte ich Ihnen nichts erzählen.

Aber im Dunkeln geht es, Sie dürfen nur kein Licht anmachen, dann sehe ich Ihr Gesicht nur halb, und Sie sitzen ganz still.

Seltsam – so könnte ich Sie richtig gernhaben.

Ja. Jetzt merke ich, dass ich den ganzen Tag auf Sie gewartet habe, um weitererzählen zu können. Bei Schwester Marie sind meine Lippen fest verschlossen – ich weiß ja: Sie sagt alles dem Arzt weiter.

Verrückt – ob Sie das auch tun, ist mir egal – und falls ja, dann anders.

Laut vor mich hin reden kann ich nicht. Das machen nur Verrückte.

Und ich glaube ja nicht, dass ich völlig verrückt bin.

Ich glaube nicht, dass ich die Dinge wesentlich anders sehe, als sie sind. Darum erzähle ich einfach, was sich weiter zugetragen hat. Aber so gut wie letzte Nacht wird das nicht gehen. Ich habe jetzt keine Geschichte, sondern etwas ganz anderes, ich weiß aber nicht, was, ich werde ja selber kaum schlau daraus. Ich bekomme schlimme Kopfschmerzen, wenn ich darüber nachdenke, und mein Herz krampft sich zusammen.

Ganz ruhig – ich versuche, einen Anfang zu finden.

Der Anfang war, dass die Sonne schien.

Sonnenschein gehört zu Hannes – ich sehe ihn auf einer sonnigen Bahn rennen – oder auf einem sonnigen Rasenplatz mit Kindern Baseball spielen oder von einem Sprungturm ins Wasser springen, auf das die Sonne scheint.

Zum ersten Mal habe ich ihn gesehen, als Lientje ihr Schwimmabzeichen machte. Er stand in Badekleidung am Beckenrand und rief ihr zu: »Gut so! Ganz ruhig, du schaffst das!« Seine Stimme schallte übers Wasser, und Lientje drehte sich wie eine junge Forelle auf den Rücken. Die gelben Fähnchen über dem Schwimmbecken flatterten, und alle riefen durcheinander und waren wegen des schönen Wetters vergnügt.

Ich kam sonst nie mit ins Schwimmbad, weil ich nicht schwimmen konnte und weil Lientje ohnehin mit der Schulklasse unter Aufsicht des Turnlehrers hinging. Ich war froh, dass sie nach der Schule noch eine Weile an der frischen Luft sein konnte und dass dabei jemand auf sie aufpasste, ich selber hatte dafür keine Zeit, weil ich arbeiten musste.

Nein. Ich muss die Dinge der Reihe nach erzählen.

Nachdem ich aus Charles' Haus fortgegangen war, machte ich mir doch bald ein wenig Sorgen, die reine Freude hielt nicht lange an.

Ich war nun frei, aber wir, Lientje und ich, brauchten auch etwas zu essen. Dass man zum Leben Geld braucht, hatte ich zunächst gar nicht bedacht.

Charles hat selbstverständlich jemanden geschickt, der mir in seinem Namen Geld anbot. Das war sehr fürsorglich von ihm; wenn er in Ruhe nachdenken konnte, war er eben doch ein richtiger Herr. Ich habe aber dankend abgelehnt – ich konnte nicht ohne Gegenleistung Geld annehmen. Außerdem wollte ich lieber nichts mehr mit Charles zu tun haben.

Darum habe ich mir bezahlte Arbeit gesucht. Bei

Camelot brauchten sie keine Abteilungsleiterin, und zur kleinen Angestellten taugte ich natürlich nicht – zudem hätte ich auch nicht einfach wieder dort anfangen mögen.

Es sollte eine Tätigkeit sein, die ich zu Hause ausüben konnte. Dann würde ich zwar nicht allzu viel verdienen, aber ich wusste, wie man mit wenig auskommt, und würde mit Lientje in einer kleinen Wohnung sparsam wirtschaften können.

Ich habe Konfektion genäht, für ein vornehmes Geschäft namens *Robes et Manteaux Louise Rey*, den vergoldeten Schriftzug kann man heute noch oben an der Fassade des schönen Herrenhauses gegenüber dem Park sehen. Es war eine angenehme Arbeit. Ich bekam ein Pariser Modellkleid und verschiedene Stoffcoupons, ich musste mich an den Grundschnitt halten, aber durch Stoffkombination und Ausführung dafür sorgen, dass jedes abgelieferte Kleid wiederum ein Original war – denn bei Louise Rey garantierten sie der Kundschaft, dass nur Einzelstücke im Angebot waren.

Die Arbeit war angenehm, und ich verdiente nicht einmal schlecht. Wenn ich ganztags mit einem Lehrmädchen arbeitete und ein paar Abende zusätzlich allein, kam so viel zusammen, dass Lientje und ich genug fürs Wohnen und Essen hatten. Und wenn ich hin und wieder die Nacht durcharbeitete, reichte es auch noch fürs Schulgeld und die Steuern und die Krankenversicherung.

Ich hatte nie so wenig Schlaf wie in der Zeit – aber es schadete mir nicht, ich hatte trotz allem Freude am Leben – und wenn ich manchmal an Charles dachte, seufzte ich vor Glück über meine Freiheit und war dankbar, dass ich in meiner kleinen unordentlichen Nähstube sitzen durfte.

Ich war damals immer zufrieden. Ich hatte im dritten Stock eines Hauses eine Wohnung mit Balkon, auf dem ich Kapuzinerkresse ziehen konnte, im Wohnzimmer standen ein Tisch, eine Kommode und vier Stühle, die ich bei einem Trödler erstanden hatte, weil mir die Möbel vom Ratenkaufhaus zu hässlich waren. Ich hatte eine weiße Katze, die am Blumenständer saß, und für Lientje ein Gurkenglas mit einem Goldfisch. Der Goldfisch war prächtig, bei der Arbeit blieb mein Blick zwischendurch oft an seinem glänzenden wendigen Leib hängen – aber das Glas war abgrundhässlich. Trotzdem war ich zufrieden, ich wusste, dass ich nichts Schöneres haben konnte, wenn ich frei sein wollte.

Und gemütlich war es auch in der karg möblierten Wohnung.

Ja. Die Gemütlichkeit war aber nicht mein Verdienst. Sondern das von Lientje. Es erstaunte mich immer wieder, dass ein Kind für Gemütlichkeit in der ganzen Wohnung sorgen kann. Und Lientje war noch ein richtiges Kind, sie wusste nichts von der Welt und machte sich auch keine Gedanken darüber, glaube ich. Außerdem war sie sehr klein für ihr Alter, ein zartes hellblondes Mädchen – aber wenn sie durchs Zimmer ging und Sachen an ihren Platz stellte und Tassen füllte oder mit ihrer hellen Stimme vor sich hin sang oder Geschichten aus der Schule erzählte, war nichts Kindliches an ihr.

Und sie erzählte viel von der Schule, die Schule war ihre ganze Welt. Ich wusste die Namen aller Kinder, und die Klassenlehrerin und den Turnlehrer sah ich genau vor mir, noch ehe ich sie kennenlernte.

Den Turnlehrer. Lustig. Bevor ich Hannes gesehen hatte, war er für mich nur *der Turnlehrer* gewesen.

Lientje war mächtig stolz auf ihn. Das ist immer so geblieben. Ja.

Schwierig ist das. Schwierig ist das, alles so zu erzählen, als wäre nachher nichts passiert. Als wäre es normal, dass Lientje vom elften Lebensjahr an stolz auf Hannes war. Und dass Hannes sie schon als Kind geliebt hat.

Es lässt sich nicht erzählen, ich kann das nicht, es ist zu schwierig. Ich kann mir nicht mehr vorstellen, dass es eine Zeit gab, zu der alles auf der

Welt normal war und Lientje und Hannes mich und einander liebten, ohne dass jemand sich schuldig gemacht hätte.

Ich muss es aber doch erzählen, sonst komme ich nicht zum Letzten – und gerade wegen dieses Letzten muss ich es erzählen – ich muss etwas herausfinden, etwas begreifen, ich darf nicht völlig verrückt werden.

Ich liege da und will begreifen – ich suche und finde immer wieder andere Gründe, warum das Unglück geschehen musste. Aber den ursächlichen Grund finde ich nicht.

Lientje hatte keine Schuld, nein, für ihre Geburt konnte sie nichts. Und sie war immer ein so liebes, sanftes Kind, das alle gern mochte und nie eigensinnig war. Sie hat auch die ganzen Jahre ruhig und freundlich mit Hannes und mir gelebt – ich begreife noch immer nicht, wie sie mich plötzlich so schuldig machen konnte.

Im ersten Jahr, in dem wir, Lientje und ich, unseren kleinen Haushalt besorgten, hatten wir viel Freude zusammen. Kleine Freuden, versteht sich, alle zu Hause. Manchmal hatte ich eine Überraschung für sie – geröstete Kastanien oder die ersten Dotterblumen des Frühlings –, und ein andermal brachte sie Bastelarbeiten aus Karton aus der Schule mit, einen

Briefhalter zum Aufhängen oder einen Kalender, an unseren kahlen Wänden war immer Platz.

Verrückt. Wenn sie mit etwas Selbstgebasteltem nach Hause kam, sah ich nur im allerersten Moment, wie hässlich das Ding war. Später dann, wenn Lientje es aufgehängt hatte, schaute es mich doch freundlich an – dann hätte ich es nicht mehr von der Wand nehmen wollen. Lientje freute sich immer so, wenn sie ein Mitbringsel für mich hatte.

Ja, sie konnte nie recht zwischen Schönem und Hässlichem unterscheiden, ihr gefiel alles. Einmal ist mir Mutters geblümte Porzellantasse, mein Erbstück von ihr, in den Spülstein gefallen, ich bekam zwar einen Schreck, aber mein erster Gedanke war, dass sie jetzt nicht mehr aus meinem gelben Tonservice herausstechen konnte.

Lientje dagegen hat geweint, sie hat die Scherben zusammengeleimt – die Tasse konnte man natürlich nicht mehr benutzen, trotzdem hat Lientje sie wieder auf das Teebrett gestellt.

Sie kam mir übermäßig empfindsam vor – aber geliebt habe ich sie sehr, glaube ich. Sie hat sich gern umarmen lassen, und ich genoss es, das weiche Ding in den Armen zu halten – sie war elf, hat sich aber immer noch bei mir angeschmiegt –, dann spürte ich ihren zarten Körper unter den Falten des Kleides wie ein Vögelchen unter seinem Flaum.

Ich achtete auch mehr auf sie als auf mich selber. Ich hielt sie an, genug zu essen und zeitig schlafen zu gehen. Am Tag ihrer Schwimmprüfung bin ich mitgegangen, weil ich verhindern wollte, dass sie sich erkältet, wenn sie nass am Beckenrand herumsteht.

Als ich Lientje nach dem letzten Prüfungsteil in ihr Frotteetuch gewickelt hatte, kam Hannes, um zu gratulieren. Erst schüttelte er ihr ganz gewichtig und lustig die Hand und dann höflich die meine.

Es war ganz sonderbar, die kühle nasse Hand von jemandem zu spüren, der nicht daran denkt, dass er gerade aus dem Wasser gekommen ist. Ich erschrak und musste lachen, da lachte Hannes auch, er entschuldigte sich aber nicht. Er hob Lientje über seinen Kopf und fragte: »Und wo sind die Törtchen?«

Lientje saß auf seiner Schulter und zog an seinem Ohr. »Beim Konditor!«, sagte sie dann.

Am Schwimmbecken ging es laut und lustig zu – alle hatten ihr Vergnügen, man musste einfach mitlachen. Hannes neckte Lientje weiter damit, dass sie nach der bestandenen Prüfung nichts spendierte, und zu mir sagte er: »Sie hat nämlich versprochen, mich einzuladen, Mevrouw. Von Geld aus ihrer Sparbüchse.«

Ich glaube, ich wurde rot – es war mir höchst

unangenehm, dass Lientje keine Sparbüchse besaß, an so etwas hatte ich nie gedacht, und sie hatte nicht darum gebeten, nun aber wurde mir klar, dass sie in der Schule hörte, was andere Kinder so haben und bekommen.

Um ihr einen Gefallen zu tun, fragte ich Hannes, ob er zum Törtchenessen mit uns nach Hause kommen wolle, und Lientje war begeistert, als er »ja« sagte.

Seltsam, dass eine sonnige Nachmittagsstunde die ganze Welt verändern kann. Als er zum Umziehen gegangen war, lauschte ich noch ein Weilchen dem Rufen und Lachen der Leute, die schwammen und vom Beckenrand sprangen. Mir war sehr warm, und ich fühlte mich in meinem adretten Nachmittagskleid fehl am Platz, ich wurde neidisch auf die anderen, die einander vollspritzten und sich vom Sprungbrett zu springen trauten.

Dann kam Hannes wieder. Er trug schon damals weiche Hemdkragen – jetzt machen das alle Männer, auch der Professor hier und der Anwalt –, aber damals erstaunte es mich, dass sein Hemd keinen hohen steifen Kragen hatte. Und ich sah auch zum ersten Mal einen Mann in einem sportlichen Flanellanzug, der sich völlig ungezwungen bewegte.

Wie oft habe ich Hannes nachgeschaut, wenn er morgens aus dem Haus ging? Das lässt sich nicht zählen, es kommt mir vor wie eine einzige lange wunderbare Minute. Ich stehe am Fenster und warte darauf, dass die Haustür zuschlägt – dann ist er unterhalb von mir, und ich sehe, dass sein glattgebürstetes Haar schon wieder aus der Fasson ist, und jetzt geht er die Straße entlang, er hält sich gerade, aber trotzdem schwingen seine Schultern leicht hin und her, das kommt, weil er es genießt, in seinen Gehrhythmus hineinzukommen – ich kann spüren, wie er geht – ich kenne ihn durch und durch – ich habe ihn durch und durch gekannt, Schwester ...

Ich kannte ihn schon an dem Nachmittag, als er mir auf dem Balkon mit der Kapuzinerkresse gegenübersaß. Menschen sehen, wie sie sind – das kann ich seit jeher. Und bei Hannes sah ich mit einem Blick alles, sein Körper log nicht.

Einmal saß ich neben ein paar Journalisten, als er bei einem Leichtathletikschaukampf Speerwurf vorführte. Einer von ihnen machte seinen Nebenmann auf Hannes aufmerksam, er sagte: »Schau nur, wie der sich bewegt – was für ein prachtvoller, ausdrucksstarker Körper!«

Nein, Schwester. Ich weiß, woran Sie jetzt denken, an etwas, das für Sie von eher minderer Bedeutung ist, vielleicht nennen Sie es »das Stoffliche«

oder »das Vergängliche« – ja, vermutlich sagen Sie so dazu.

Aber so dürfen Sie bei Hannes nicht denken, so war es nicht. Er hat vollkommen mit seinem Körper gelebt, anders als wir, die ihn nur gebrauchen. Er hat mit seinen Füßen und Händen und Schultern gelebt, ganz und gar – er hat die Welt mit dem Körper wahrgenommen.

Bestimmt ist er deswegen Turnlehrer geworden. Er war erst Lehrer für andere Fächer – das hat er mir schon am ersten Nachmittag erzählt –, aber es machte ihm keine Freude, den Kindern immer wieder das Gleiche beizubringen, darum hat er sich auf den Sport verlegt.

»Eigentlich wollte ich gar nicht Lehrer werden«, sagte er, »aber der Bürgermeister hat mir eine Studienbeihilfe vermittelt. Mein Vater war Arbeiter bei der Stadt.«

Dann kamen wir so richtig ins Reden – ich genoss es sehr, mich mit jemandem zu unterhalten, der früher auch ein Armeleutekind gewesen war und jetzt doch die Welt kannte. Ich brauchte überhaupt keine Konversation zu machen – wir saßen uns vis-à-vis, und Hannes spielte mit den bunten Stickseideröllchen, er legte damit Figuren auf dem Metalltisch, aber am Ende fegte er alles durcheinander und schaute mich nur an.

Mit einem Mal begriff ich, dass er dasaß wie aufs Bleiben eingestellt. Er hatte die Hände um sein Knie gelegt – sie waren lang und braun, die Finger gerade und die Spitzen kräftig.

Unsinn – so waren seine Hände nicht – so sind sie – immer noch. Das Medium hat sie gesehen.

Schwierig ist das – ich kann nicht mehr zwischen lebendig und tot unterscheiden. Denke ich an Lientje, dann ist sie da, immer – sie ist auch noch da, wenn ich nicht an sie denke –, und trotzdem weiß ich genau, dass sie tot ist – die Wunde hat nur kurz geblutet, dann ist das Blut geronnen.

Und Hannes ist tot – er ist mit Sicherheit tot, ich habe alles gelesen, was in den Zeitungen über ihn stand –, und dennoch existiert er irgendwo, in diesem Moment, die Frau hat ihn gesehen und gehört. Aber wenn ich an ihn denke, ist er für immer gestorben.

Haltet ihr mich für verrückt, weil ich manchmal nicht mehr weiß, wo ich bin – in der Hölle oder in einem Irrenhaus? Kann meine eigene Hölle denn nicht wie ein Irrenhaus aussehen?

Ach, so werde ich nie erzählen können, wie alles war. Und ich *will* es doch erzählen, bis zum Ende.

Er saß mir gegenüber, Lientje stand neben ihm, aber geredet hat er mit mir.

Wir redeten und hörten einander zu, immer abwechselnd, und jeder bedauerte es, wenn der andere aufhörte zu reden. Beim Gehen sagte Hannes, er würde bald wiederkommen – ich hatte nicht einmal daran gedacht, ihn darum zu bitten, so vertraut war er mir.

Das nächste Mal kam er am Abend, als ich gerade nähte. Lientje führte ihn triumphierend in mein unordentliches Stübchen – und dort wollte er bleiben. Ich schob das Fenster weiter für ihn auf, und er setzte sich auf den Hocker des Lehrmädchens, das längst nach Hause gegangen war. Als es zu dämmern anfing und ich Licht machen wollte, um weiternähen zu können, nahm er mir das Kleid aus den Händen.

»Wäre schade um Ihre Augen«, sagte er.

Es gab keinen Grund, böse zu werden, er tat nichts anderes als das, was ich wollte. Ich bin mit ihm auf den Balkon gegangen, dort haben wir gesessen, bis die Dämmerung und der helle Sommerabend vorbei waren. Inzwischen nannte er mich beim Vornamen und hatte mir viel von sich erzählt.

Er war fünfundzwanzig, das kam mir jung vor, aber er war froh, nicht älter zu sein – seinetwegen könnte es so bleiben.

»In ein paar Jahren kommt die Angst vor dem Rheuma«, sagte er, »alle meine älteren Kollegen haben davor Angst. Aber jetzt traue ich mich noch, im Zelt zu schlafen, jedes Wochenende kampiere ich außerhalb der Stadt.«

Dann erzählte er, er habe nur ein kleines beengtes Zimmer, etwas Besseres könne er sich nicht leisten, weil er für seine Turnlehrerausbildung einen Kredit aufgenommen habe, der erst abbezahlt werden müsse – im nächsten Jahr sei es so weit, dann könne er über seinen ganzen Lohn frei verfügen.

»Was fangen Sie dann mit dem vielen Geld an?«, fragte ich. Da lachte er und reckte die Arme. »Alpentouren machen. Und ein Segelboot kaufen, dann dürfen Sie auch einmal mit. Und Lientje.«

Ich sagte, ich hätte nie schwimmen gelernt, da meinte er scherzend, ich hätte wohl Angst um meinen Teint, aber als ich ihn spätabends verabschiedet hatte, rief er von der Treppe aus: »Sehen Sie zu, dass Sie schwimmen können, bis ich mein Boot habe, sonst nehme ich Sie nicht mit.«

Und er lachte – herzhaft und unbefangen, wie es typisch für ihn war. So hat er immer gelacht, wie ein Junge, der sich freut.

Und ich freute mich auch, ganz unsinnig und wie ein Kind; noch in der gleichen Woche habe ich mich zum Schwimmkurs angemeldet, damit ich auf das Segelboot mitdurfte, das Hannes sich noch lange nicht leisten konnte.

Ich hatte ihm allerdings nicht zu sagen gewagt, dass ich im nächsten Jahr dreißig würde. Und dass es in meinem Leben lange Zeiten gab, die ich vergessen wollte.

Ich verstehe schon, dass ich das damals vergessen wollte. Aber ich hätte es mir merken sollen, ich hätte nicht vergessen dürfen, dass ich schon viel zu lange gelebt hatte. Erst jetzt, da ich alles erzähle, wird mir klar, wie lange ich schon gelebt hatte, als Hannes kam – die Hälfte meines Lebens war bereits vorbei. Ich verstehe nicht, wie ich das je vergessen konnte.

Anfangs habe ich noch manchmal daran gedacht. Aber nicht oft, das traute ich mich nicht.

Ich war froh und zugleich ängstlich. Ich hätte auf die Knie fallen können vor lauter Dankbarkeit, dass Hannes mich lieben wollte, denn das sah ich – es war kein Geheimnis, nicht für ihn und natürlich auch nicht für mich –, aber gleichzeitig hatte ich furchtbare Angst, ich könnte ihm schaden.

Gott, Schwester, ich konnte doch sehen, wie er war – so geradlinig und wahrhaftig und stark und jung – er war alles, was ich noch lieben konnte – und ich selber war völlig anders.

Da habe ich mir vorgenommen, ihm zu sagen, wie ich bin, wie mein Leben bisher gewesen war – wirklich, das hatte ich mir vorgenommen. Eines

Abends habe ich es versucht – am Nachmittag hatte ich mir meine ersten zwei grauen Haare ausgerissen –, und ich war mir ganz sicher, nicht mehr jung genug für Hannes zu sein.

Er war inzwischen schon oft bei mir gewesen und kannte sich in meiner Stube aus, er ging umher, suchte das Milchkännchen für den Tee und schimpfte, ich hätte keine Ordnung in meinen Sachen.

»Du bist vielleicht eine sonderbare Hausfrau«, meinte er, als er das Kännchen mit einem Sträußchen Jasmin darin auf dem Kaminsims entdeckte. »Wenn du nicht ordentlicher wirst, darfst du nicht mit zum Zelten.«

Dann sah er mich lachend an und wartete ab, was ich sagen würde. Er hatte das Thema schon mehrmals angeschnitten, wie um sich selber ein Versprechen zu geben – in den Ferien sollten wir zu dritt in der Heide zelten. Ich hatte bisher nichts dazu gesagt.

Aber an dem Abend sah er mich weiter abwartend an. Er blieb ganz ruhig – Hannes wurde nie nervös, er konnte gut abwarten, was passierte. Und nun wartete er auf meine Antwort.

Ich habe den Kopf geschüttelt, reden konnte ich nicht. Eigentlich hätte ich ihm nun erklären müssen, warum ich nicht mitkonnte, warum ich nicht mitwollte, um sonnige Sommertage und sternklare

Nächte in der Heide zu verbringen, ich hätte erklären müssen, warum ich kein guter Umgang für ihn war. Ich hatte mir selber hundertmal versprochen, es zu sagen, ehe es zu spät war.

Und an dem Abend, als es höchste Zeit dafür war, konnte ich nicht reden.

Ich habe den Kopf auf die Arme gelegt und geweint – heiße Tränen, so nennt man das wohl, ja, sie taten weh. Ich konnte Hannes nicht anschauen – da spürte ich auf einmal, dass er meine beiden Handgelenke umfasste.

Ich blickte auf und schaute in seine aufrichtigen grauen Augen – ganz ernst waren sie –, ich dachte: Schon jetzt machst du ihm Kummer.

Er sagte: »Nun erzähl schon.« Da habe ich unter seinem aufrichtigen Blick erzählt, was ich konnte.

Aber nicht alles. Sicher, ich habe Namen genannt und die Menschen und die Dinge beschrieben, ich habe der Reihe nach erzählt, wie mein Leben verlaufen war. Aber manches verstand er nicht. Das sah ich an seinem Blick, und dann konnte ich nichts erklären – wie ich mit Charles gelebt hatte, vermochte ich ihm nicht zu sagen.

Und auch nicht, was im Alltag meiner Kindheit alles schwierig gewesen war – daran erinnere ich mich erst jetzt. Als ich meine Lebensgeschichte erzählt hatte, kannte er sie doch nicht – dabei hatte ich mir Mühe gegeben, ehrlich zu sein. Er hielt immer noch meine Handgelenke fest. So hat er mich an sich gezogen. Er schaute zu mir herab und sagte: »Wir gehen also am 26. Juli. Sieh zu, dass du dann frei bist.«

Ich habe getan, was ich konnte. Nächtelang habe ich durchgearbeitet, um Geld für meine und Lientjes Reise zusammenzubekommen. Aber dann lag das Geld bereit, und ich war noch immer nicht frei – ich hatte nach wie vor Zweifel, ob ich mitgehen durfte.

Lieber Gott, ich habe mich nach Kräften bemüht, frei zu werden. Manchmal habe ich mir geschworen, dass ich nicht mitgehen würde, dass Hannes mich nicht lieben durfte, so, wie ich war – dass ich das mächtige große Verlangen nach ihm aus mir herausreißen würde. Aber wenn ich ihn dann vor mir sah, wie er war – der blonde Kopf so gerade auf dem kräftigen Hals, die braungebrannten Arme, die alles ergreifen und umfassen konnten, wie es ihnen beliebte –, dann durchzuckte plötzlich ein Lichtblitz meine Vorsätze, und ich spürte, dass nur *eines* mich frei machen könnte – alles wollen, was er wollte.

Ich habe nicht gebetet – wie auch? – ich wusste nicht einmal mehr, dass man beten kann. Einmal ertappte ich mich auf den Knien vor dem Bett – ich habe gelacht und bin aufgestanden – es war ein Irrtum. Ich musste allein entscheiden, ob ich Hannes haben oder auf ihn verzichten wollte.

Jetzt weiß ich, dass ich die ganze Zeit darauf hingelebt hatte, bei Hannes bleiben zu dürfen. Mein vieles Grübeln und meine Angst haben die Wahrheit nur verschleiert – es stand längst fest, dass Hannes mein Leben war.

Und trotzdem fühlte ich mich im Zug aus der Stadt heraus nicht frei genug für ihn. Er saß neben mir und lachte und spielte mit Lientje, ich dagegen zählte die vorbeiziehenden Telegraphenmasten: gerade oder ungerade – ich wusste noch immer nicht, ob ich Hannes lieben durfte.

Ja. Ich hatte noch Angst, dass ich ein schlechter Umgang für ihn war, dass ich zu lange gelebt hatte, ohne ihn zu kennen.

Am ersten Abend, Lientje schlief schon im Zelt, saßen wir auf einem Hügel und warteten, dass der Mond auf die Heide herabschien, die zum Waldrand hin sanft abfiel. Aber es war kein Mond da, dafür viele strahlende Sterne. Erst haben wir zusammen hochgeschaut, dann habe ich mein Gesicht zu ihm gewandt und gesehen, dass er den prachtvollen weiten Nachthimmel anlächelte – ich habe den Kopf an seine Schulter gelehnt, und er hat mir seine Hand auf die Brust gelegt.

In dieser Nacht sind wir nicht ins Zelt gegangen – als es einmal grummelte, habe ich vorsichtig die Zeltplane beiseitegeschlagen und nachgeschaut, ob Lientje auch schlief. Danach bin ich wieder zu Hannes gegangen.

Haben Sie schon einmal einen Wald auf den Sonnenaufgang warten sehen? Still und dunkel liegt er da, man spürt, dass es unter den Bäumen kühl sein muss. Und dann, auf einmal, lachen die Wipfel, sie werden in Glut getaucht, alles färbt sich golden, und alle Bäume bekommen Gestalt und hellere und dunklere Grüntöne.

So habe ich die Sonne über dem Wald aufgehen sehen – und auch auf Hannes' Gesicht, als ich mich ganz an ihn verloren hatte.

Jetzt darf ich nichts weiter sagen. Wie es mit Hannes war, kann ich nicht erzählen, dafür gibt es keine Worte. Ich würde es nicht einmal Gott sagen wollen – ihm bräuchte ich es auch gar nicht zu sagen, er wüsste es: Es kann nichts Schöneres auf der Welt geben. Alle Ewigkeiten, die ich in der Hölle ausharren muss, wird mir die Erinnerung daran bleiben.

Ja. Es gibt die Liebe, sie lebt. In der Schule musste ich viele Texte über die Liebe lernen, ich habe sie nie begriffen – ich hätte weder den Lehrer mit seiner schleppenden Stimme lieben können noch das

Kind neben mir, das mich mit Stecknadeln pikste. Ich glaube nicht, dass das je einer gekonnt hätte – es kann noch so viel geschrieben stehen, ich glaube einfach nicht, dass Jesus diesen Lehrer geliebt hätte, wenn er tagtäglich, sechs Jahre lang, vor ihm hätte sitzen müssen.

Erst durch Hannes habe ich gelernt, dass es wirklich Liebe auf der Welt gibt. So, dass man die ganze Welt annimmt, weil auch die Liebe zur Welt gehört. Ich habe in den paar Sommerwochen mit ihm – in der violett blühenden Heide – zum ersten Mal die Liebe gespürt und gesehen und erfahren.

Jenseits des abgeplaggten Heiderands waren Wiesen – wir haben oft auf das tiefer liegende Land hinausgeschaut. Inmitten einer umzäumten Weide stand, hoch und breit, eine alte Buche – wahrscheinlich hat ein Bauer sie irgendwann dort gepflanzt, damit das Vieh Schatten hat. An heißen Tagen hielten die rotbunten Kühe sich nah beim Stamm auf, die Äste und das Laub bildeten ein grünes Dach über dem grünen Gras – man konnte sich die Wiese nicht ohne diese Buche vorstellen.

Und genauso konnte ich mir die Welt nicht mehr ohne Hannes vorstellen – er krönte mein Leben wie dieser prächtige Baum, ich dachte: Jetzt darf ich mich endlich ausruhen, in seinem Schatten.

Ich habe die Buche oft leise angelacht, nachdem

ich mir das überlegt hatte. Aber Hannes konnte ich nicht so anlachen – wenn ich ihn ansah, wurde mein Blick immer ernst, das spürte ich. Zum ersten Mal erlebte ich, dass man vor Ernst und Glück zugleich atemlos sein kann.

So habe ich ihn geliebt – so habe ich in seinen Armen gelegen, so habe ich jede seiner Bewegungen in mich aufgenommen, tief in meinen Körper und meine Seele – bis ich keine Gewissheiten mehr hatte, außer der einen, vollkommenen: Das ist Liebe – wir sind zusammen.

Als es zurück in die Stadt ging, stand felsenfest, dass Hannes nicht mehr allein in seinem kleinen beengten Mietzimmer wohnen würde. Ich habe das große Hinterzimmer, das leer geblieben war, für ihn hergerichtet. Zusammen haben wir alles Notwendige dafür gekauft – ein Bett und einen Stuhl und eine Zinkbadewanne. Ich habe über den rotkarierten Baumwollstoff gestrichen, aus dem ich Vorhänge nähen wollte, und war glücklich.

Der Winter darauf war der erste, in dem wir abends zu dritt am Tisch saßen, Hannes und Lientje und ich. Lientje hatte, glaube ich, durchaus begriffen, auf welche Weise Hannes und ich zusammengehörten – sie schien sich nie zu wundern, wenn er seine Hand ausstreckte, um meine darin zu spüren. Meistens las oder lernte sie, das Lernen fiel ihr nicht leicht, aber sie war fleißig. Unser ruhiges Leben zu dritt gefiel ihr gut, sie war ganz bestimmt nie eifersüchtig, weil ich mich nicht mehr allein um sie kümmerte, sie genoss es sogar sehr, dass Hannes bei uns wohnte.

Wenn sie ihn morgens in seinem Zimmer singen hörte, hob sie den Finger, um mir zu bedeuten, ich solle ebenfalls zuhören. Sie erzählte auch, dass er in den Turnstunden immer mitsang, wenn er zu den rhythmischen Übungen Klavier spielte.

Als ich sie einmal von der Schule abholte, führte sie mich zur Turnhalle, wo die Jungen noch Unterricht hatten. Wir standen unter den Fenstern, und ich hörte, wie Hannes seine Kommandos laut schmetterte, die Scheiben zitterten davon – dann gab er auf dem Klavier das Marschtempo vor, und darüber hinweg tönte seine kräftige Stimme.

Es war wunderbar, dort zu stehen und zuzuhören, mir war so froh zumute, dass ich dachte, mein Blut müsste mitsingen. Und Lientje neben mir hüpfte vor Freude auf und ab.

Ja. Das brachte Hannes immer und überall mit, seinen Frohsinn und seine Lebenslust. Er war sich dessen nicht bewusst – es ging ihm in keiner Weise darum, andere froh zu machen, er war einfach so. Er hätte nicht leben können, ohne froh zu sein.

Er sah auch nie irgendwelche Schwierigkeiten. Als er ein paar Wochen bei uns wohnte, wurde morgens ein schönes großes Klavier vor dem Haus abgeladen. Mir war klar, dass es für ihn sein musste – ich selber hatte nie an ein Klavier gedacht, ich konnte nicht spielen und verdiente nicht genug, um Lientje Stunden zu bezahlen. Hannes hatte auch kein Geld für solch ein teures Instrument, das wusste ich.

Trotzdem hat er das Klavier gekauft. Auf Raten, versteht sich – nur aus dem Grund, weil er nicht länger ohne Klavier sein konnte.

»Wir hatten eines im Lehrerseminar«, erzählte er. »Auf dem alten Trumm habe ich ganze Konzerte gegeben, aber außer mir hat sich keiner drangesetzt, die anderen waren der Meinung, als Lehrer müsse man schon genug lernen. Jetzt habe ich das Wunderding in der Schule, es klappert wie eine Schreibmaschine, und ich benutze es auch nur, weil ich das eintönige Stampfen mit dem Stock satthabe. Dies Klavier hier ist allein für mein Vergnügen gedacht und für eures. Ich werde Lientje eine Menge lustige Sachen beibringen. Zeig mal deine Hände her, Lien!«

Er saß bereits am Klavier, und es dröhnte – Männerhände greifen eben anders in die Tasten als vorsichtig spielende Frauenfinger. Lientje schaute vor

Spannung regungslos zu. Da nahm er sie zwischen die Knie und legte ihre Hände aufs Klavier.

Wie er das Instrument abzahlen wollte, habe ich nicht zu fragen gewagt. Ich wollte nicht älter und vernünftiger wirken als er – aber manchmal habe ich eine Rate übernommen, wenn ich mir sicher war, dass er kein Geld hatte, ich war so dankbar, seine Musik in der Wohnung hören zu dürfen, während ich mit Nähen beschäftigt war. Im Jahr darauf hatte er dann Geld, da war der Kredit abgetragen, und sein gesamter Lohn stand ihm zur Verfügung. Hannes verdiente ganz ordentlich, er unterrichtete an einer Volksschule und an einer Höheren Bürgerschule und leitete außerdem bei einem großen Sportverein das Damenturnen.

An dem Abend, als er zum ersten Mal seinen Monatslohn ganz für sich behalten konnte, legte er die schönen neuen Geldscheine nebeneinander vor mich auf den Tisch, er strich sie glatt und betrachtete sie.

»So«, sagte er, »jetzt erobern wir die Welt.«

»Wie willst du das machen?«, fragte ich. »In deinem Segelboot?«

Er lachte und reckte die Arme – wie immer, wenn ich mit ihm redete wie mit einem Jungen. Dann sagte er: »Schau mich mal an.«

Ich tat es und sah in seinen Augen, dass er mein

Mann war – ich musste meine Arbeit weglegen. Er sagte: »Von dem Geld wird geheiratet, und dann bekommen wir Kinder.«

Da durchfuhr mich ein großer heller Glücksstrahl – ich habe mich an seine Brust geworfen und geweint, weil sein Herz so stark an meinem Ohr klopfte. Ich weiß noch, wie unsagbar glücklich ich war, bis ich meine salzigen Tränen schmeckte und mich fragte, ob ich wirklich nur vor Glück weinte.

Ja. Und da spürte ich, dass ich auch aus Angst weinte.

Furchtbar war das – seltsam und furchtbar, dass ich nie ohne Angst glücklich sein konnte. Schon als ich gemerkt hatte, dass Hannes mich liebgewann, war ich ängstlich gewesen, und nun, da er mich heiraten wollte, empfand ich wieder die gleiche furchtbare Angst – ich fürchtete immer noch, dass ich ihn unglücklich machen könnte.

In der Nacht habe ich gefragt: »Warum willst du Kinder von mir?«

Er hat meine Augen geküsst und erst nichts gesagt. Aber weil ich auf eine Antwort wartete, sagte er: »Ich will keine Kinder von dir, du dummes Mädel, ich will Kinder von mir mit dir.«

Daraufhin habe ich ihm ein wenig von meiner Angst erzählt – ich hatte ja früher mit Charles keine Kinder bekommen.

Er hat mich näher zu sich gezogen und gesagt: »Das war ein alter Mann. Wir beide bekommen auf jeden Fall Kinder.«

Er war sich seiner ganz sicher und meiner auch – er freute sich mit so ruhiger Zuversicht darauf, dass wir heiraten und eine Familie mit eigenen Kindern sein würden, dass ich eine Zeitlang selber daran glaubte.

Wir heirateten also, und es dauerte dann doch ein paar Jahre, bis ich begriff, dass ich nicht daran hätte glauben dürfen. Ich hätte es besser wissen müssen – ich war älter als Hannes, ich hätte vernünftiger sein und es ihm ausreden müssen. Ich hätte ihn nicht annehmen dürfen, so, wie er war – wie er fröhlichen Herzens alles vom Leben erwartete – er war zu jung und zu geradlinig und zu gesund für mich – ich habe ihm geschadet.

Lieber Gott, das ist meine große Schuld – ich hätte ihn niemals annehmen dürfen, als er mir gegeben wurde.

Aber wer hat ihn mir gegeben? Wer hat ihn vor mich hingestellt, so dass ich mich nach ihm sehnen musste? Ich hätte durchaus einigermaßen leben und auch sterben können, ohne ihn je gekannt zu haben – warum musste ich erst dieses große Glück mit Hannes erleben, um es später so furchtbar zu entbehren?

Nein. Es ist nicht meine Schuld. Jede Frau hätte ihn angenommen, wenn er ihr gegeben worden wäre – keine hätte auf ihn verzichtet.

Bis auf Lientje, sie wollte auf ihn verzichten …

Geben Sie mir die Hand, Schwester, halten Sie meine fest – ich kann nicht so an Lientje denken, ich darf nicht so denken, ich brauche kein Mitleid zu haben – ich habe mich um sie gekümmert und sie erzogen, und trotzdem hat sie sich nach Hannes gesehnt, auch wenn sie auf ihn verzichten wollte.

Oh, Schwester, lassen Sie mich nicht los – ich kenne mich nicht mehr aus. Jedes Wort, das ich sage, weist einen anderen Weg, ich habe mich verirrt – ich bin mir nicht einmal mehr sicher, dass Lientje auch Schuld hatte.

Ja. Und doch muss ich weitermachen. Jedes Wort, das ich sage, bedeutet etwas – ich muss doch noch nach einer Bedeutung für das letzte Ende suchen.

Ein paar Jahre hat es schon gedauert, bis ich sicher war, dass ich Hannes schadete.

Wir waren noch immer glücklich miteinander – wenn auch nicht mehr so närrisch vor Glück wie in der ersten Zeit. Aber Hannes war nach wie vor ganz ruhig und froh über mich und unser gemeinsames Leben. Er ging seiner Arbeit nach und hatte

Freude daran, und er trieb auch noch viel Sport. Damals hat er sogar bei einem internationalen Wettkampf einen Meistertitel als Läufer geholt.

Ein prachtvoller Anblick war das, wie er in der Sonne über die Bahn rannte, die Fäuste vor der Brust und das Haar im Wind, ich war unglaublich stolz, dass er mein Mann war, und so dankbar für seine Liebe.

Aber auf dem Pressefoto, das nach dem Wettkampf von uns gemacht wurde, habe ich mich ein wenig hinter ihm versteckt – ich war schon damals öfters scheu.

Ja, da hatte es bereits angefangen mit meiner Scheu Menschen gegenüber. Und Hannes gegenüber. Ich schämte mich tief, weil ich keine Kinder bekam. Wenn ich vor ihm stand und er mir die Hände auf die Schultern legte, schämte ich mich für meinen schönen, schlanken, unnützen, unfruchtbaren Körper.

Hannes ahnte natürlich nicht, warum ich ihm beim Küssen nicht mehr längere Zeit in die aufrichtigen Augen sehen konnte – Männer haben für so etwas kein Gespür. Vielleicht hätte ich es ihm sagen sollen, aber das ging nicht, ich kam mir ganz klein und armselig vor.

Ich hätte Hannes alles gegeben – und ich gab ihm auch, was ich konnte, ich kümmerte mich um ihn und um unsere Wohnung, ich sorgte für kleine Überraschungen, indem ich etwas Besonderes auf den Tisch brachte oder für ihn zum Anziehen kaufte, ich machte mich möglichst schön. Aber es war nicht, was er von mir erwartete – das alles hatte ich ihm schon vor unserer Heirat gegeben, allein deswegen heiratet man nicht – ich wusste, dass er mich unserer gemeinsamen künftigen Kinder wegen zur Frau genommen hatte. Und die konnte ich ihm nicht schenken.

Die ganze Welt hätte ich ihm in meinen Armen gebracht und konnte ihm doch nicht einmal mit einem Kindchen darin entgegentreten.

Ach ja, ungewöhnlich war das natürlich nicht, es gibt Tausende Paare, die keine Kinder bekommen – man braucht nicht einmal nach der Ursache zu forschen, für gewöhnlich findet man ja doch keine. Und die meisten Leute gewöhnen sich daran und sagen später, Kinder seien im Grunde nur eine Last.

Aber mit Hannes war es nicht so. Verstehen Sie, er hat täglich viele Kinder unterrichtet und mir von lustigen Begebenheiten mit ihnen erzählt. Er spielte auch gern mit Kindern, nach den Kleinen der Nachbarn von oben war er ganz verrückt, er ließ sie auf seinen Schultern Kunststückchen vollführen, und manchmal ließ er sie dann los, um sie im Fallen aufzufangen – die Kinder waren begeistert, und ihre Mutter hatte keine Angst um sie, Hannes strahlte so viel Sicherheit aus.

Später, als feststand, dass wir keine Kinder bekommen würden, hat er einen Hund gekauft, einen Schäferhund, dem hat er Springen und Apportieren beigebracht. Es war rührend, wie die braunen Hundeaugen an ihm hingen, und draußen auf der Straße folgte das Tier ihm auf dem Fuße. Hannes wiederum hatte den Hund auch gern; wenn er in seinem Sessel saß und Tjor sich an sein Bein schmiegte, ließ er die Hand über die Lehne baumeln, dann wusste Tjor, dass er sie lecken durfte.

Etliche Leute ohne Kinder halten sich einen Hund. Aber es hilft nichts.

An einem Sonntag gingen wir nach dem Mittagessen in den Park, wo die Kinder auf dem Teich ihre Bötchen fahren lassen. Ein kleiner Junge kniete am Ufer und schaute, ob seines auch schön übers Wasser fuhr. Der Vater stand hinter ihm und machte eine zufriedene Miene, wie es typisch für Väter ist, wenn sie sonntags mit ihren Söhnen etwas unternehmen.

Hannes ließ Tjor schwimmen, er hatte den Apportierknüppel weit ins Wasser geworfen. Der Hund schwamm damit zurück, er prustete und gab sich mächtig Mühe. Aber auf halbem Weg ließ er

den Knüppel los und packte stattdessen das Bötchen des Kindes.

Der Junge weinte, und der Vater rief. Hannes
stand regungslos am Ufer, aber als Tjor mit dem
Spielzeug aus dem Wasser kam und es vor ihn hin-
legte, nahm er die Hundepeitsche, die er sonst nie
benutzte, und schlug auf Tjor ein, bis dieser win-
selnd zu mir gekrochen kam.

Da wurde mir zum ersten Mal ganz deutlich,
dass Hannes Kummer hatte.

Als er am Abend in die Zeitung schaute, merkte
ich, dass seine Augen den Zeilen nicht folgten. Da
bin ich zu ihm hin und habe seine Hand geküsst.
Er hat mir übers Haar gestrichen, aber ohne mich
anzusehen.

Oh ja, das war ein einzelner Abend – das erste
Mal –, danach vergingen Monate, in denen wir uns
nichts dachten, in denen ich nur froh um ihn war,
um ihn und seinen jungen starken Körper – und
darum, dass er mich so liebte, wie es sein sollte,
ohne sich Gedanken zu machen. Aber dann kam
der Nikolaustag, und jeder war mit Geschenken
zugange, und die Nachbarn von oben fragten, ob
Hannes bei ihnen den Nikolaus machen würde.

Das hat er natürlich getan, ich habe mich um sein
Kostüm gekümmert. Er war ein stattlicher, breit-
schultriger Nikolaus mit lockigem Bart. Lientje ist

vor lauter Vergnügen um ihn herumgetanzt – plötzlich blieb sie stehen, schaute ihn an und sagte: »Hannes, du gibst mal einen prächtigen Großvater ab.«

Im nächsten Moment erschrak sie über ihre Worte, sie war schon fünfzehn.

Wir sind nach oben gegangen, um mit den Nachbarn Nikolaus zu feiern. Die drei Kinder haben in ihren weißen Hemdhosen auf Hannes' Schoß gesessen und ihm mit süßen, beklommenen Stimmchen Lieder vorgesungen. Und als er ihnen über den Kopf strich, sah ich, dass er spürte, wie seidenweich die Haare kleiner Kinder sind.

Nach diesem Abend hat es länger gedauert, bis ich wieder vergessen konnte, dass ich Hannes nicht hätte heiraten dürfen.

Ja. So hat es angefangen. So ist es weitergegangen. Und jedes Mal, wenn ich merkte, dass Hannes die Kinder entbehrte, die ihm zustanden, habe ich mich schuldiger gefühlt.

Vielleicht hat er es mir ja nie übelgenommen. Wer weiß das schon? Gut möglich, dass ich ihm leidtat – er hat mir jedenfalls nie Vorwürfe gemacht.

Aber in mir wuchs allmählich die Angst; die anfängliche Angst, ich könnte Hannes schaden, meldete sich wieder, und mir wurde klar, dass sie berechtigt war. Ich fühlte mich schuldig, weil ich nicht auf sie gehört hatte.

Und dazu kam die Angst, dass ich Hannes nicht würde halten können.

Oh, es sind Jahre vergangen, ehe es so weit war; ich habe gegen meine Angst angekämpft. Aber geholfen hat es nicht, sie kam immer wieder, vor allem in ganz unerwarteten Momenten.

Ich war vierunddreißig und Lientje schon sechzehn, da entdeckte ich die ersten Fältchen um meine Augen. Wir standen zusammen vor dem Spiegel – das war ein altes Spiel von Lientje, sie nannte es »Knipsen«, und wir hatten es schon gespielt, als sie gerade erst zu mir in Charles' Haus gezogen war. Wir legten unsere Köpfe aneinander, das sah nett aus, ein blonder Kopf neben einem schwarzen, und dann machten wir Fotografiergesichter.

Lustig, jetzt muss ich auf einmal an Schneewittchen und die böse Stiefmutter denken. Ich war auch immer überzeugt gewesen, die Schönste zu sein. Aber an dem Tag sah ich auf einmal Fältchen an meinen Augen. Und zwischen den Brauen verlief eine feine Linie – ich strich darüber, aber sie blieb und ließ meine Stirn unzufrieden aussehen.

Und danach betrachtete ich Lientjes Gesicht. Sie war noch ein richtiger Backfisch, der Mund ein wenig groß und die Wangen zu schmal. Aber sie hatte sehr hellblaue Augen, ihre Stirn war ganz glatt und von blonden Locken eingerahmt.

Sonst lachten wir uns beim Fotografierspiel im Spiegel immer an, aber diesmal war mir nicht nach Lachen, ich musste weiter hinsehen. Lientje würde mit jedem Jahr schöner – und ich konnte nur noch hässlich werden.

Ich war nicht eifersüchtig auf sie, oh nein; ich wusste ja, dass es nicht anders sein konnte – sie war noch ein Kind, und ich war längst ein erwachsener Mensch. Aber von da an lebte ich in dauernder Angst, ich hatte begriffen, dass ich mit jedem Tag älter wurde und dass Hannes das irgendwann auffallen würde.

Nein, Eifersucht ist etwas anderes. Ich war auch nicht eifersüchtig auf die Mädchen vom Sportverein, die bei Hannes Turnen hatten und über den Bock in seine Arme sprangen – ich hatte lediglich Angst, er könnte eines Tages merken, wie jung und biegsam sie waren und wie fest ihre schlanken Arme sich anfühlten – dann würde ihm zugleich aufgehen, dass mein Fleisch bereits schlaff wurde.

Das war meine Misere. Lange bevor ich Hannes entbehren musste, hatte ich ihn bereits verloren, ich wusste genau, wie das mit uns laufen würde, ich habe alles durchlitten, hundertmal, bevor etwas Wirklichkeit wurde.

Und er durfte nichts merken. Nur dafür habe ich damals gelebt – Hannes darf nichts merken, dachte ich, er darf nichts von deiner Angst merken, er darf nicht merken, wie du alterst, du darfst ihn nicht ganz und gar unglücklich machen.

Eins ums andere habe ich meine grauen Haare ausgerissen und mit einer kleinen Pinzette vorsichtig meine Oberlippe epiliert, ich bin zur Massage gegangen, für Gesicht und Körper, ich habe elektrische Bäder genommen – aber die Falte zwischen meinen Augenbrauen wurde tiefer. Da habe ich angefangen, mich dezent zu schminken.

Erst hat Hannes mich deswegen ausgelacht, später dann hat er mich öfter verwundert angesehen – einmal sagte er: »Wisch dir das Zeug vom Gesicht.« Aber ich traute mich nicht mehr, es zu lassen, weil ich ohne Schminke so alt aussehen würde, wie ich war.

Ich hatte immer darauf geachtet, gut angezogen zu sein, jetzt aber wurde ich regelrecht pingelig, was mein Äußeres anging, ich ließ mir Korseletts nach Maß fertigen und nähte mir weiche Seidenunterwäsche. Ich sorgte dafür, dass unsere Wohnung immer picobello aussah, sie war schick und komfortabel eingerichtet, mit Schirmlampen und bequemen Sesseln, die ich eigentlich potthässlich fand, in denen Hannes aber gern lang ausgestreckt seine Zigaretten rauchte; was vom Haushaltsgeld übrig blieb, gab ich für Luxusgegenstände aus. Hannes war seine Umgebung nicht sonderlich wichtig, aber ich wollte eine Wohnung, in die er gern nach Hause kam, ich legte weiße Tischtücher auf und stellte frische Blumen auf den Tisch und kaufte einen lachsrosa Schirm für meine Nachttischlampe.

Und trotzdem hatte ich beständig Angst, so dass ich nicht in Hannes' Armen glücklich sein konnte, ich wusste, dass ich alterte, vor Hannes. Und dass es mein Tod wäre, wenn er von mir wegginge.

Aber ich wollte nicht sterben. Ich wollte leben und glücklich sein. Wie Glück aussah, wusste ich, dazu musste ich nur an die ersten Jahre mit Hannes denken – ich brauchte keinen Himmel. Hannes genügte.

Ich hatte viel Zeit zum Nachdenken. Am frühen Vormittag war ich mit meinem Haushalt fertig, dann hatte ich nichts mehr zu tun, außer auf Hannes und Lientje zu warten.

Für andere nähte ich schon längst nicht mehr, das hätte die Wohnung nur ungemütlich gemacht, und Hannes hatte meine Arbeit ohnehin nie gutgeheißen. Außerdem verdiente er mehr als genug für uns drei, er hätte durchaus eine größere Familie unterhalten können.

Wenn er in der Schule war und ich in der Wohnung nichts zu tun hatte, lag ich manchmal auf meinem Diwan und dachte an ihn und an unser gemeinsames großes helles Glück von früher. Und dann fragte ich mich, wo es hingekommen war. Wenn ich längere Zeit nachdachte und mich in Erinnerungen erging, vergaß ich mitunter, dass ich es tatsächlich verloren hatte, dann spürte und sah ich wieder alles, was früher gewesen war, und mitunter träumte ich mir mit offenen Augen all mein Glück wieder herbei.

Aber danach erwachte ich mit einem furchtbaren Schreck wieder im Jetzt. Der Grund war oft ein alltägliches Geräusch, das Bimmeln einer Trambahn, das Hupen eines Autos oder der Ruf eines Lumpensammlers auf der Straße. Auf der Uhr sah ich dann, dass ich Stunden verträumt hatte, und ich begriff, dass ich zwar eine vergangene Zeit herbeidenken konnte, dass sie in Wirklichkeit aber längst gestorben war.

Dann fuhr ich hoch und warf mich vor dem Diwan auf die Knie; die Hände vors Gesicht geschlagen, überlegte ich verzweifelt, ob es nicht noch etwas zu erhoffen gab. Ich wollte doch im Jetzt glücklich sein, nicht in der Vergangenheit – es durfte einfach nicht sein, dass ich alles Glück meines Lebens schon erlebt hatte. Ich wollte ebendieses Glück wiederhaben, weil ich wusste, dass nichts anderes auf der Welt mich mehr glücklich machen konnte.

Damals habe ich noch zu beten versucht, Gott sollte mir helfen – jedes Mal, wenn ich auf den Knien lag, wusste ich schließlich nicht mehr weiter und konnte nur noch beten. Vielleicht war es nicht Beten im üblichen Sinn – betteln konnte ich nie, und auch das Danken fiel mir schwer. Aber ich habe Gott angerufen, ich habe zu ihm gesprochen und ihm alle meine Gedanken offenbart, mein Leben samt allen Taten, Wünschen und Ängsten und Widersetzlichkeiten – dabei erkannte ich, was für ein merkwürdiges unfertiges Ganzes das zusammen ergab. Ich hatte noch die Hoffnung, Gott würde sich eines schönen Tages meines Lebens annehmen und Ordnung darin schaffen, so dass alles einen passenden Platz bekam – Gott kann das, dachte ich und wartete, dass seine Hand ihr Werk tat.

Aber Gott macht so etwas nicht – oder aber ich habe nicht lange genug gewartet.

Ich bin ungeduldig geworden, da wollte ich Gott zwingen. Ich wusste ja, dass er den Menschen helfen kann – das hat man mich gelehrt, ich wusste, dass es Menschen gab, die Gott glücklich gemacht hatte. Also bat und rief und forderte ich – manchmal mit harschen, bösen Worten, die ich laut sagte, um sie selber zu hören – ich warf Gott vor, er könne ja nicht einmal einen gewöhnlichen Menschen von seinem gewöhnlichen Verdruss befreien, noch der schlechteste Chirurg tue mehr für die Menschen als er, der doch die Welt erschaffen hat.

Aber dann griff mir mit einem Mal ein solch ungeheurer Kummer ans Herz, dann hatte ich nur noch den brennenden Wunsch, dass Gott mir mich und die Welt erklären möge, dann rutschte ich auf Knien über den Boden und presste mein Gesicht in die Hände, dann rief ich nach Gott, wie ich noch nie nach Hannes gerufen hatte.

Aber selbst dann kam keine Antwort.

Eines Morgens habe ich mich tränenüberströmt von den Knien erhoben. Ich bin ins Badezimmer gegangen, um mir das Gesicht zu waschen und frisch zu pudern, und dabei schwor ich mir, dass ich das letzte Mal auf den Knien gelegen hatte. Ich hatte Gott lange genug angerufen – er hörte einfach nicht zu – vielleicht versteht er uns Menschen überhaupt nicht.

Wie ich da an meinem Toilettentisch saß und *vanishing cream* auf meine Lider auftrug, sah ich vor meinen geschlossenen Augen plötzlich Vaters rechte Hand mit den zwei erhobenen Fingern, ganz deutlich sah ich sie, und mir fiel der Satz ein, dessen letzten Teil er an dem Abend gesagt hatte, als ich mit ihm einen Kampf ausfocht, um von zu Hause fortzukommen, ich murmelte vor mich hin: »Psalm 1, Vers 6: ›Denn der Herr kennt den Weg der Gerechten, aber der Gottlosen Weg vergeht.‹«

Erst bekam ich einen fürchterlichen Schreck – ich glaubte, das wäre Gottes Antwort gewesen. Aber dann dachte ich, dass Gott den Psalm ja nicht selber aufgeschrieben hatte und dass mein Vater ein selbstsüchtiger Heuchler gewesen war – ich habe die Zähne zusammengebissen und die Creme weiter einmassiert, ich habe meine Lider, die Stirn und das Kinn massiert, bis sich meine Haut nicht mehr klamm und heiß anfühlte. Und als mein Gesicht nach dem Pudern wieder kühl war, habe ich ganz ruhig in den Spiegel geschaut und mich selber gesehen, ich strich mir über Gesicht und Hals und dachte: So. Das ist vorbei, jetzt lasse ich mir nicht mehr von einer Vogelscheuche Angst machen. Wenn Gott noch will, dass ich auf ihn höre, muss er erst mit mir sprechen.

Dann kam dieser Pfarrer.

Keine Ahnung, warum ich das jetzt erzähle, es hat mit dem Ganzen nichts zu tun. Der Pfarrer kam nicht wegen mir, sondern wegen Lientje.

Lientje besuchte das Lehrerseminar, sie wollte

auch unterrichten. »So wie Hannes«, hatte sie gesagt, als ich fragte, wie sie in der Welt ihr Brot verdienen wolle.

Am Seminar wurde auch Religion gegeben, jede Woche kam dafür ein Pfarrer. Die Teilnahme war aber keine Pflicht, man konnte sein Kind auch befreien lassen.

Ich hatte für Lientje eine Befreiung beantragt. Weil ich nicht wollte, dass auch sie lernen musste, was mich früher verwirrt hatte. Und da kam der Pfarrer persönlich vorbei, um mit uns darüber zu sprechen.

Seine Erscheinung überraschte mich. Ein junger Mann im hellgrauen Anzug mit Schleifenkrawatte – solch einen Pfarrer hatte ich noch nie gesehen. Er sprach in munterem Ton, als würde es ihm Freude machen, mit anderen über seinen Glauben zu reden.

Er wollte wissen, warum ich Lientje nicht zu ihm schickte – da habe ich natürlich erzählt, was für eine Qual der Religionsunterricht früher für mich gewesen war. Und dass ich in meinem späteren Leben ganz gut ohne Religion zurechtgekommen bin.

Er war ein wenig befangen, ich war ja wesentlich älter als er. Trotzdem bemühte er sich um eine Antwort – der Mensch habe erst gelebt, wenn es ans Sterben gehe, sagte er.

Ich habe die Schultern gezuckt und gesagt: »Wahrscheinlich sterbe ich so, wie ich gelebt habe; ich werde immer, bis ich sterbe, das tun, was ich nicht lassen kann.«

Da wurde er rot – nicht vor Ärger, er war wirklich bemüht und kam wieder auf Lientje zu sprechen, indem er sagte: »Bei mir lernen die jungen Leute, eigene Entscheidungen über das zu treffen, was sie dürfen und was nicht.«

Dann wollte er aber noch etwas wegen mir sagen, er war so jung und eifrig, dass ich kurz lachen musste; da runzelte er die Stirn und sagte mit sehr ernstem Ton: »Wer keinen Glauben hat, kann sogar aus Liebe sündigen.«

Daraufhin genierten ihn seine großen Worte wohl doch ein bisschen, er begann mit Hannes ein Gespräch über Schulangelegenheiten. Aber ehe er ging, fragte er Hannes, ob *er* Lientje nicht in seinen Unterricht schicken wolle, und Hannes meinte, das solle sie selber entscheiden, sie sei ja schon sechzehn. Und er hat sie hereingerufen.

Wie sich herausstellte, wollte Lientje sehr gern zum Religionsunterricht. Der junge Mann fragte, ob sie manchmal bete, da lachte sie und sagte ohne eine Spur von Verlegenheit, sie würde noch jeden Abend ihr Kindergebetchen sprechen, das sie von Mutter gelernt hatte. Sie finde den Text inzwischen zwar kindlich, aber sie habe das Gebet noch keinen Abend weggelassen.

Der Pfarrer war längst fort, da standen wir noch zu dritt im Zimmer und wussten nicht recht, was sagen – mich amüsierte es ein wenig, dass Lientje an dem einfältigen Gebet festhielt, aber zugleich sah ich sie mit etwas anderen Augen, mir wurde klar, wie wenig ich sie kannte. Und Hannes stand am Fenster und trommelte mit den Fingern an die Scheibe.

Ich fragte ihn: »Verstehst du, wie ein junger Mann gläubig sein kann?«

Er wandte sich um, schaute über unsere Köpfe hinweg und sagte: »Ach, jeder Mensch ist anders, ich verstehe ja nicht mal mich selber. Aber was ich weiß, reicht mir – ich weiß zumindest, was ich zu tun und zu lassen habe, das genügt.«

»Woran merkst du das?«, fragte ich.

»Daran, dass ich mich schlecht fühle, wenn ich etwas Falsches tue. Wenn ich in der Schule einen Jungen unverdient zusammengestaucht habe, bekomme ich Kopfschmerzen.«

Ich sagte zum Scherz, für den Jungen wäre es aber angenehmer, wenn Hannes seine Kopfschmerzen bekäme, bevor er ihn zusammenstauchte. Da wurde er ernst, er schaute mir direkt in die Augen.

»Du kannst nicht mitreden, was Richtig und

Falsch angeht«, sagte er, »davon verstehst du nichts. Du kennst nur den Unterschied zwischen Schön und Hässlich. Wenn du früher Lientje etwas verbieten wolltest, hast du gesagt: ›Das darfst du nicht, das ist hässlich.‹ Du merkst nur, dass etwas falsch ist, wenn du es auch als hässlich empfindest.«

Dann pfiff er Tjor zum Spaziergang – und ich habe ihm nachgeschaut – nie hätte ich gedacht, dass Hannes solche Dinge auffielen.

Er hatte recht. Bei genauerem Überlegen aber doch nicht so ganz, schließlich kannte er mich nicht durch und durch. Ich wusste sehr wohl, dass es falsch gewesen war, ihn nicht aufzugeben, auch wenn wir einander noch so sehr liebten. Darüber hatte ich lange nachgedacht.

Überhaupt habe ich damals viel nachgedacht – mehr, als ich aushalten konnte. Ich kann weder gründlich noch lange nachdenken, dann läuft in meinem Kopf alles durcheinander. Ich muss immer warten, bis mir plötzlich etwas aufgeht.

In den letzten Jahren mit Hannes habe ich immer wieder nachzudenken versucht – es gab so viel zu denken und wegzudenken, immer wieder quälte mich ein neuer Gedanke – dann musste ich mir sagen, dass ich mich irrte, dass ich falsch dachte.

Hier gegenüber am Flur liegt eine Patientin, die andauernd seufzt – warum, weiß ich natürlich nicht, ich weiß nicht einmal, ob es eine alte Frau oder ein junges Mädchen ist – nie fällt ein Wort, man hört nur die Seufzer. Manchmal sind sie leise, wahrscheinlich, weil sie noch ein wenig Hemmungen hat – aber ein andermal holt sie ganz tief Luft und lässt die dann mit ihrer Stimme entweichen, das hört sich an, als würde sie gefoltert. Ich weiß genau, wie sie das macht – ich habe gerade so geseufzt, wenn ich allein zu Hause war und mit dem Denken nicht mehr weiterkam.

Meine Gedanken kreisten ständig um Hannes und mich.

Ich wagte nicht mehr zu hoffen, dass er mich sein Leben lang lieben würde – ich nahm ihm nichts übel, mir war ja selber klar, dass ich so nicht seine Frau bleiben konnte. In diesen letzten Jahren habe ich ständig Ausschau gehalten, überall und immerfort habe ich nach der Frau gesucht, die er nach mir lieben würde. Ich habe ihn zu allen Vorführungen und Wettkämpfen und Sportfesten begleitet und auch zu einem Kongress über rhythmische Gymnastik, und nirgends habe ich etwas von dem mitbekommen, was ablief – ich habe nur darauf geachtet, welche Frauen in der Halle oder auf dem Sportplatz waren und wie sie Hannes ansahen. Ich hätte nicht zu Hause bleiben und abwarten können, was geschehen würde. Ich wollte unbedingt dabei sein, wenn Hannes zum ersten Mal einer Frau begegnete, die er mehr würde lieben können als mich.

Und ich sah viele Frauen – durchaus schöne, elegante und gut gebaute Frauen – ich achtete auf jede einzelne. Bei der einen dachte ich: Ihre Hüften sind runder als meine – bei einer anderen: Ihre Fesseln sind schmaler. Und beim Anblick eines jeden Mädchens, das am Stufenbarren turnte oder in der Staffel lief, dachte ich: Sie ist jünger. Dann spürte ich hinter den Augen diesen Schmerz, der auftritt, wenn man etwas lange und starr fixiert – jede Bewegung dieser Mädchen zeugte davon, dass sie jünger waren.

Aber ich merkte auch immer, dass Hannes sie gar nicht beachtete, dass er unbeirrt seine Arbeit tat und anderen zusah oder zuhörte. Wenn wir dann zusammen nach Hause kamen, war ich unbeschreiblich erleichtert, dass er immer noch mir allein gehörte – aber zugleich schämte ich mich tief. Trotzdem lief es beim nächsten Mal wieder genauso.

Schließlich glaubte ich, herausgefunden zu haben, wem er sich zuwenden würde. Es war ein Mädchen, das er als Mentor betreute. Sie durfte ihm im Unterricht assistieren und kam auch manchmal zu uns nach Hause, damit er ihre theoretischen Ausarbeitungen durchsah. Sie war klein und dunkelhaarig und hatte etwas von einer reifen Kirsche, ihre Wangen glühten in dem sonnengebräunten Gesichtchen. Ihre Arme waren fest und braun, und durch den Stoff der dünnen ärmellosen Kleider strahlte ihre Haut Wärme ab.

Sie gab sich Hannes gegenüber nicht kokett, ganz und gar nicht, sie war nur sehr unkonventionell. Sie rauchte seine Zigaretten und sagte alles Mögliche, was sonst niemand laut sagt, ich glaube, es machte ihr Vergnügen, sich so unverblümt wie möglich auszudrücken. Aber ordinär war sie nicht, keineswegs. Sie war eben ein Sportstyp.

Beim ersten Mal, als sie zu uns kam, habe ich ihr und Hannes lange zugehört, ehe ich in der Lage war, etwas zu sagen – ich überlegte, was er an ihr finden könnte, aber es erschloss sich mir nicht, ich sah nur, dass sie ganz anders war als ich. Sie redete mit Hannes wie ein Junge, und doch hatte sie einen weichen und festen Frauenkörper.

Selbstverständlich habe ich sie höflich empfangen – ich war noch immer sehr höflich zu allen, gute Manieren waren mir noch wichtig. Aber während ich Tee einschenkte und Pralinen anbot, bohrte ich meine Absätze in das Fußpolster, das ich selber bestickt hatte. Noch nie hatte ich mich so machtlos gefühlt wie diesem jungen sportlichen Kind gegenüber.

Ich musste sie wohl oder übel ertragen. Hannes ging freundschaftlich mit ihr um wie mit einem guten Kameraden, er hatte auch Nutzen von ihr als Helferin, und ich konnte ja nicht wissen, wie sie über ihn dachte, weil ich nicht bei den Unterrichtsstunden dabei war, in denen sie Hannes assistierte. Ich wusste auch nicht, wie sie sich verhielt, wenn sie allein miteinander waren.

Aber einmal hörte ich sie sagen, sie würde am nächsten Morgen ins Schwimmbad kommen, wo er mit ein paar Schülern Sprünge trainieren wollte. Ich ging daraufhin ebenfalls ins Schwimmbad, sie und Hannes ahnten nicht, dass ich kommen würde.

Ich hatte schon Jahre vorher mein Schwimmabzeichen gemacht, ich schwamm mit langen Zügen, nicht schnell, aber dafür anmutig – Hannes war unzufrieden mit mir, er sagte, ich würde durchs Wasser wandeln. Und springen konnte ich nicht. Wahrscheinlich, weil ich zu spät schwimmen gelernt hatte, ich wagte es nicht, mich vom Brett ins Leere fallen zu lassen.

Als ich am Morgen im Badeanzug ins Becken steigen wollte, stand der Bademeister da, er sah mich, winkte und sagte: »Ihr Mann führt gerade etwas vor.«

Wenn Hannes Schwebesprünge machte, konnte ich früher endlos zusehen, das Wasser war sein Element. Aber an dem Morgen suchte ich nach der kleinen Braunen. Ich entdeckte sie auf der obersten Plattform des Sprungturms, dort wartete sie, dass Hannes nachkam. Er kletterte hinauf und stellte sich zu ihr.

Und dann kam es oben zu einer scherzhaften Rangelei, er wollte aufs Sprungbrett, sie kam ihm zuvor, sprang aber nicht, sondern federte nur auf dem Brett.

Und plötzlich fasste Hannes sie um die Taille und hob sie auf seine Schultern. So standen sie ganz vorn auf dem Brett, ich sah ihre kleinen braunen Füße und spürte sie geradezu auf Hannes' nackten Schultern.

Im nächsten Moment sprangen sie zusammen hinab, und die Schüler klatschten Beifall.

Ich ging zurück in meine Badekabine und zog wieder meine damenhaften Kleider an, keine Ahnung, wie, meine Augen waren blind von Tränen, die ich nicht weinen wollte.

Zu Hause habe ich mich vor den Spiegel gestellt und lange auf mein Gesicht eingeredet – jedes Mal, wenn ihm die Tränen kamen, habe ich laut gesagt, dass ich Hannes trotzdem würde behalten können.

Abends im Bett habe ich die Arme nach ihm ausgestreckt – er vergaß schon manchmal, mir gute Nacht zu sagen. Ich habe ihn an mich gezogen, ich wollte Gewissheit haben, dass er noch mir gehörte.

Er war nicht unfreundlich, er sei müde, sagte er und brummte halb im Scherz, ich würde ihn aber auch nie in Ruhe lassen. Dann drehte er sich wieder auf seine Seite.

Ich lag still da, biss aber die Zähne so fest zusammen, dass mir fast der Kiefer brach, es tat weh, aber ich konnte nichts dagegen tun. Meine Arme waren noch nach Hannes ausgestreckt, aber sie blieben leer, an seinem Atmen hörte ich, dass er gleich einschlafen würde.

Allmächtiger Gott, ich wusste mir keinen Rat mehr, ich dachte: Jetzt ist es aus, ich bedeute Hannes nichts mehr, ich bin nur noch seine Haushälterin – sein ganzer Frohsinn und seine Lebenslust gelten nun diesem jungen Ding.

Und wie ich da im Dunkeln vor mich hin starrte, musste ich plötzlich an Charles denken – warum, weiß ich bis heute nicht, aber auf einmal kam mir in den Sinn, wie ich mit Charles gelebt hatte – ich muss vor Angst und Sehnsucht verrückt gewesen sein, dass ich neben Hannes daran denken konnte. Aber die alte schmutzige Gewohnheit war noch in mir lebendig – ich habe mich an Hannes gepresst, ich wollte ihn nicht verlieren.

Da stieß er mich weg, er war sogleich hellwach, ich höre noch seine laute Stimme. Er sagte: »Pfui – wie kannst du nur! Du verdirbst uns innerlich und äußerlich.«

Lieber Gott, lieber Gott, lass mich nicht mehr daran denken!

Aber ich muss immerfort daran denken – weil es zum Anfang vom letzten Ende wurde.

Gott. Warum lässt du Schlechtigkeit in uns zu, obwohl du genau weißt, wie anders wir sein können? Warum hilfst du uns nicht? Du hättest mich jederzeit warnen können, wenn ich im Begriff stand, etwas falsch zu machen. Warum hast du nicht mit hörbarer Stimme zu mir gesprochen?

Daran muss ich schon seit Tagen und Wochen denken. Gott hat alles gewusst und gesehen – warum hat er nicht geholfen? Jeder normale Mensch zieht doch ein Kind weg, wenn es unters Auto geraten könnte – warum hat Gott dieses ganze schlimme Unglück über mich hereinbrechen lassen, ohne die Hand auszustrecken?

Nach diesem Tag und der Nacht hat das Unglück seinen Lauf genommen.

Ich traute mich nicht mehr, mit Hannes unter die Leute zu gehen, ich hätte ja nur an dem, was ich sah, gelitten, darum blieb ich zu Hause. Aber zu

Hause war es das Gleiche, stets das Gleiche, ich sah ständig Hannes vor mir, wie er sich eine andere Frau nahm.

Manchmal war es eine Frau, die ich kannte, ein andermal eine x-beliebige, die gerade draußen vorbeiging – ich wusste, dass es Unsinn war, aber ich kam nicht dagegen an. Und wenn mein Blick auf Hannes fiel, musste ich sofort an die Frauen denken, die ich mir zusammen mit ihm vorgestellt hatte.

Es war die Hölle, die Hölle, Schwester – kein normaler Mensch ahnt, wie das ist.

Vielleicht aber doch. Es muss noch andere geben, denen äußerlich nicht anzumerken ist, was sie Furchtbares denken. Ich tat nach außen hin ja auch nichts, was man abnormal hätte nennen können, Hannes und Lientje haben zu Anfang nichts gemerkt. Ich selber sah es mir natürlich an – im Spiegel blickten meine Augen starr, was daher rührte, dass sich dahinter der immer gleiche Kreisel mit den immer gleichen schmutzigen Gedanken drehte –, aber andere merkten mir noch nichts an.

In dem Zustand habe ich gut ein Jahr gelebt. Ich wurde in dem Jahr entsetzlich mager – ich nahm es zur Kenntnis, ohne noch etwas dagegen tun zu wollen. Mir war längst klar, dass ich hässlich wurde, oft strich ich mit dem Zeigefinger an meinem Hals entlang und prüfte, wie ausgeprägt die Vertiefungen schon waren, die die Haut dunkel, bräunlich erscheinen lassen – ich konnte dann gut verstehen, dass Hannes mich nicht mehr so begehrte wie früher. Ich erwartete nichts anderes, wie soll man eine Frau lieben können, die hässlich ist und dazu auch noch schlecht? Ich fürchtete und ekelte mich ja vor mir selber – alles war vorbei, das stand fest.

Ich war damals achtunddreißig und Hannes dreiunddreißig. Lientje war gerade einundzwanzig geworden, als das letzte Ende anfing.

Das war, als Hannes meine Eifersucht bemerkte.

Ja. Man muss es wohl Eifersucht nennen.

Als Erstes habe ich wegen des dunklen Mädchens, seines Schützlings, mit ihm gestritten. Ich sagte, ihr sei nicht zu trauen und er solle sie an einen anderen Lehrer abgeben.

Er hatte die Schultern gezuckt und dafür gesorgt, dass sie nicht mehr zu uns nach Hause kam. Später erfuhr ich, dass sie schon ein paar Jahre ein Verhältnis mit einem Jurastudenten hatte – ich habe mich gar nicht getraut, Hannes zu sagen, dass ich unrecht hatte.

Dann wollte ich, dass er beim Sportverein mit einem Kollegen tauscht, der die Männer trainiert, er hat die Lippen zusammengepresst und nichts gesagt. Ich habe ihn immer und immer wieder gebeten – es half nichts, er gab keine Antwort. Ich habe geweint und mich vor ihn hingekniet, ich habe seine Hände gestreichelt und immer wieder das Gleiche gesagt – aber erklären konnte ich es nicht, ich konnte ihm nicht sagen, wie sehr ich litt, wenn er mit diesen Mädchen turnte – er hat mich natürlich von sich geschoben.

Danach rührte Hannes mich kaum mehr an. Es gab immer einen guten Grund, weshalb er mich nicht küsste – so hatte ich keinen Anlass, ihm etwas zu verübeln.

Schließlich wagte ich es nicht einmal mehr, die Hand auf seinen Arm zu legen. Etwas war zwischen uns getreten, das ich nicht überbrücken konnte, nach einer Weile fand ich mich damit ab, es war wohl auch besser so – denn manchmal glaubte ich fest, ich könnte Hannes mit meinen schmutzigen Gedanken besudeln, und davor hatte ich furchtbare Angst.

Ich liebte ihn noch sehr. Ich war noch rasend in ihn verliebt. Wenn ich allein in der Wohnung war, warf ich mich aufs Bett und schlang die Arme um das Kopfkissen, das nach seinem Haar roch.

Wenn er dann nach Hause kam, konnte ich ihm aber nicht zeigen, wie verzweifelt ich mich nach ihm gesehnt hatte, ich traute mich kaum mehr, ihn anzuschauen. Ich wusste ja selber, wie verkommen und faulig mein Inneres war und dass ihn alles Schmutzige und Krankhafte anwiderte – ich konnte ihm nicht mehr entgegentreten, wenn ich den ganzen Tag meine schmutzigen Gedanken gehabt hatte. Mir blieb nur noch, aus der Entfernung alles, was er tat, möglichst genau zu beobachten. Und was auch immer er tat, schürte meine Eifersucht.

Wenn er ausging, zählte ich die Stunden bis zu seiner Rückkehr und rechnete ihm dann vor, wie lange er fortgeblieben war. Und wenn eine Frau bei uns zu Besuch gewesen war, kamen mir schon die Tränen, ehe die Wohnungstür hinter ihr zufiel – ich konnte ihm nie sagen, warum ich weinte, aber er wusste es auch so.

Dann veränderte er sich allmählich. Er war ein Mann, keineswegs ein Märtyrer. Er verlor die Geduld und fuhr mich oft an, auch wenn ich es nicht verdient hatte. Und er kam nicht mehr zu festen Zeiten heim, nach dem Unterricht blieb er manchmal weg, und ich wartete mit dem Essen; dann saß er mit einem Lehrerkollegen, einem älteren ledigen Mann, in der Kneipe. Und wenn er endlich in die Straße einbog, musste mir geradezu auffallen, dass er langsamer ging, je näher er unserem Haus kam.

Einmal, es war ein regnerischer Spätnachmittag, hielt ich durch das beschlagene Fenster nach ihm Ausschau, und plötzlich sah ich ihn ganz nah im

Laternenlicht, da fiel mir zum ersten Mal auf, dass er nicht mehr so kräftig ausschritt wie früher. Und seine Schultern reckte er nicht mehr nach hinten – da dachte ich: Jetzt spürt er bestimmt auch schon, dass er altert.

Aber dann fiel mir ein: Er kann auch getrunken haben. Der Gedanke war nicht neu, ich hatte damit gerechnet, ich hatte schon lange im Voraus daran gedacht; wenn er nach der Schule ausblieb, war ich immer darauf gefasst, dass er nach Alkohol roch – Angst hatte ich keine mehr davor, ich wusste, dass es zu all dem anderen gehörte. Zu dem, was ich Hannes bereits angetan hatte.

Ich habe es gesehen und gewusst. Ich musste immer alles voraussehen und -denken; wenn es schließlich doch anders kam, war ich mir sicher, dass jemand in Ordnung gebracht hatte, was meine schmutzigen, hässlichen Gedanken angerichtet hatten.

Im Grund war es Lientjes Verdienst, dass Hannes nicht mit dem Trinken angefangen hat.

Ohne Lientje hätten wir nicht weiter zusammenleben können. Sie saß nach wie vor jeden Tag zwischen uns am Esstisch und erzählte lustige Begebenheiten aus ihrer Schule und redete mit Hannes über Alltägliches und strich mir übers Haar, wenn sie glaubte, ich hätte Kopfschmerzen.

An dem Nachmittag, als er mit einer Alkohol-
fahne nach Hause kam, habe ich mich also nicht
gewundert – es war schlicht wieder eingetroffen,
was ich vorausgesehen hatte. Ich wusste auch, dass
es entsprechend weitergehen würde, dass Hannes
weiterhin trinken würde, dass er keinen Sport mehr
treiben könnte und dass durch meine Schuld ein
versoffener und kaputter Mensch aus ihm würde.

Aber dann sah ich, dass Lientje erschrak und ihr
Buch weglegte. Sie stand auf – sie lief Hannes immer noch entgegen, wenn er nach Hause kam, und
oft drückte sie ihm auch noch wie als Kind einen
Kuss auf die Wange.

An dem Tag blieb sie vor ihm stehen, wie immer
auf den Zehenspitzen, aber auf einmal wandte sie
das Gesicht ab, sie nahm nur seine Hand und sagte:
»Was hast du getan, Hannes – so kann ich dir keinen Kuss geben.«

Hannes drehte sich um, er ging in unser Schlafzimmer und wusch sich, plötzlich hörte ich, dass
etwas zu Bruch ging, und dachte: Jetzt hat er alle
Sicherheit verloren und wird auch noch tolpatschig.
Im nächsten Moment stand Lientje vor mir, sie
wollte offenbar etwas sagen – und auf einmal erkannte ich, wie sehr sie Mutter ähnelte, sie hatte
den gleichen weisen, scheuen Zug um den Mund.

»Du musst besser auf ihn aufpassen«, sagte sie.

Ich wartete, weil bestimmt noch etwas kommen würde, genau wie Mutter suchte Lientje immer lange nach den richtigen Worten. Ich saß am gedeckten Tisch und sah sie an, ich wartete eine Weile, aber sie war noch nicht so weit.

Hannes kam aus dem Schlafzimmer – da beugte Lientje sich zu mir, bleich im Gesicht und mit großen weiten Augen.

»Ihr macht mir so viel Kummer«, sagte sie.

Und dann setzte sie sich an den Tisch, zwischen uns beide, so wie jeden Tag, und sie reichte die Schüsseln an und schälte Hannes' Orange, wie sie es immer getan hatte, seit er bei uns wohnte.

Ihr macht mir so viel Kummer – das hätten Mutters Worte sein können. Mir war, als hätte Mutter es gesagt.

Seltsam, dass Lientje Kummer haben könnte, war mir nie in den Sinn gekommen. Es war eine Selbstverständlichkeit, dass sie mit ihrem lieben, weisen Gesichtchen bei uns saß, ich hatte mich so daran gewöhnt, dass ich sie kaum mehr wahrnahm. Mir war auch noch nicht aufgefallen, dass sie erwachsen geworden war, eine Frau – dass sie so manches sah und wusste, dass sie ihren eigenen Kummer haben konnte.

Ich sehe noch heute unseren Esstisch vor mir und Hannes' und Lientjes Gesichter über den Tellern. An dem Tag ist mir zum ersten Mal richtig aufgegangen, dass wir drei zusammengehörten und dass wir gemeinsam Kummer hatten.

Nie hätte ich gedacht, dass Lientje eigenen Kummer haben könnte. Für mich war sie immer jemand gewesen, der zu uns beiden gehörte, zu Hannes und mir gleichermaßen. Bis ganz zuletzt hatte ich keine Ahnung, dass sie Hannes' wegen ihren eigenen Kummer hatte. Ja, seltsam ist das. Alle möglichen Frauen habe ich mir mit ihm vorgestellt, bei allen, die ich kannte und sah, habe ich um ihn gezittert. Aber dass Lientje die Frau sein könnte, nach der ich suchte, die Frau, die Hannes lieben könnte und die mehr für ihn wäre als ich, darauf wäre ich nie gekommen.

Ich brauchte sie selber, sie war mir eine Stütze, ein kleiner Augentrost im Hause. Wenn ich mich nicht mehr traute, Hannes' finsteres verschlossenes Gesicht anzusehen, suchte mein Blick Lientjes Augen und ihren freundlichen, weisen Mund, und ich hoffte, sie würde mich noch anlächeln. Und sie lächelte mich auch an, aber immer ein bisschen scheu – als ob es weh täte.

So ging es noch ein Jahr mit uns. Ich habe damals versucht, mich umzubringen – das gehörte natürlich auch dazu.

Oh, nicht aus Verzweiflung, verzweifelt war ich

schon nicht mehr – ich hatte mich dreingefunden –, ich versank nur jeden Tag ein Stück weiter in einer bodenlosen Grube. Und letztlich habe ich mich auch nicht umgebracht – wenn ich wirklich verzweifelt gewesen wäre, hätte ich es klüger angefangen; dass es nicht geklappt hat, war natürlich meine eigene Schuld – ich war sogar zu schlapp und zu lahm, um mich anständig umzubringen.

Ich habe es mit Gas versucht – man hört manchmal, dass das klappt –, aber ich fühlte mich so elend und schlapp, dass ich es nicht richtig kalkuliert habe. Ich wollte es in der Küche machen, weil der Gasherd ein dickes Zuführrohr hatte, aber an den Ventilator oben am Schornstein habe ich nicht gedacht. Um neun Uhr morgens, als Hannes und Lientje das Haus verlassen hatten, habe ich die Hähne aufgedreht, und um zwölf, als Hannes wiederkam, war ich nur halb bewusstlos, am nächsten Tag merkte ich nichts mehr von dem Ganzen.

Nur lief Hannes noch mit einem Verband herum, er hatte einen tiefen Schnitt über dem Handgelenk, weil er die Scheibe der Küchentür hatte einschlagen müssen, um an den Schlüssel heranzukommen. Daraus wurde später eine breite weiße Narbe, die ist ihm geblieben.

Unser Arzt wollte mich in eine Nervenheilanstalt schicken, er hat sehr lange mit Hannes geredet, nachdem er die Wunde genäht und verbunden hatte. Aber so weit ist es nicht gekommen, allerdings haben wir auf seinen Rat hin ein paar Wochen zusammen Urlaub gemacht.

Es war wieder die Heide – oh, aber eine andere als in der allerersten Zeit. Wir zelteten auch nicht mehr – wir wohnten in einer hübschen Pension mit Haustelefon und Bad, wir gingen zu den Mahlzeiten, wenn die Klingel ertönte, und stellten abends unsere schmutzigen Schuhe vor die Zimmertür.

Lustig – immer wenn ich unsere Schuhe vors Zimmer stellte, musste ich daran denken, dass die Zeltplane kein Geräusch machen durfte, wenn Lientje schlief und ich ins Freie zu Hannes wollte.

In der Pension waren wir allein zu zweit. Lientje musste Schule halten, es war noch früh im Frühjahr. Hannes hatte zusätzlichen Urlaub beantragen müssen, damit wir die Osterferien verlängern konnten.

Es bedeutete für mich kein Glück mehr, ihn für mich allein zu haben – er tat mir schrecklich leid, und ich hatte seinetwegen großen Kummer. Er gab sich alle Mühe mit mir, ich hatte den Arzt sagen hören, er solle sich gut um mich kümmern. Und das tat er auch, aber auf eine so traurige, linkische Art – er wusste nicht mehr, wie er mir etwas Gutes tun konnte. Alles war für ihn zu schwer – er konnte nur so leben, wie es für ihn passte, und nicht, wie es für einen anderen Menschen nötig gewesen wäre.

Ich wusste das ja – es war schließlich immer das Gleiche, er war zu jung und zu gesund für mich. Mir war immer, jede Minute, bewusst, wie er sich fühlte, weil ich bei Charles das Gleiche erlebt hatte.

Er hat sich angestrengt, und an ein paar Tagen hat er mich tatsächlich glücklich gemacht. Wir sind durch den Tannenwald gegangen, wo die frischen hellen Spitzen harzig rochen, wir haben junge Kaninchen davonspringen sehen und dem Lockruf der Amsel gelauscht – und sind dann Hand in Hand auf dem Waldweg weitergegangen. Wir haben auch zusammen von unserem Balkon aus zugesehen, wie immer neue dunkle Wolkenschwaden am Mond vorbeizogen – und wenn die prachtvolle helle Scheibe wieder voll und klar am Frühlingsnachthimmel stand, merkte ich, dass Hannes noch still genießen konnte wie früher.

Aber wenn wir uns später in unserem Pensionszimmer abwartend gegenübersaßen, dann merkte ich auch, dass ich nicht mehr Hannes' Liebste war.

Ja, er hat sich angestrengt, aber es ging nicht mehr.

Oh, geküsst hat er mich natürlich noch, ich war den ganzen Tag neben ihm hergegangen, wir hatten zusammen gepflegt zu Abend gegessen und uns zur gleichen Zeit ausgezogen. Aber diesen Blick, als ob die Sonne aufgeht, wenn er mich ansieht, den hatte er nicht mehr – ich habe damals gemerkt, dass er auch schauen konnte wie andere Männer, so als würde er über sich selber stolpern.

Das an meinem eigenen Mann zu sehen, war furchtbar – lieber hätte ich ihn betrunken erlebt, manchmal schien es mir auch, als wollte er betrunken werden.

Dieser letzte Urlaub hat mir doch noch großen Kummer bereitet.

Und wieder zu Hause, war mir klar, dass sich nichts gebessert hatte – ich wollte noch immer tot sein. Alles war wie zuvor.

Nein. Eigentlich war nichts mehr wie zuvor. Aber das begreife ich erst jetzt, da alles vorbei ist.

Lientje war nie mehr wie früher, ich verstehe nur nicht, dass mir das zwar auffiel, ich mir aber nichts dabei dachte.

Sie war anders geworden, völlig anders. Beim Essen saß sie noch zwischen uns, das ja, aber sie gehörte nicht mehr dazu, sie hatte sich zurückgezogen. Wenn Hannes sie ansprach, schrak sie zusammen, und dann lachte sie plötzlich hoch und laut, das hatte sie sonst nie gemacht. Und mir gegenüber war sie sehr still, obwohl sie immer noch erriet, was ich brauchte, und mir brachte, was ich wollte, aber nur, um gleich wieder in ihre eigene Stille einzutauchen.

Eines Tages teilte sie uns mit, sie habe eine Sonntagsschule übernommen.

Auch das war seltsam und neu. Lientje war eigentlich keine regelmäßige Kirchengängerin. Sie besuchte hin und wieder einen Gottesdienst – das war ein Überbleibsel von den Stunden bei dem Pfarrer –, aber sie ging in keine bestimmte Kirche, wo sie jeden Sonntag ihren Stammplatz hatte, so wie Vater und Mutter seinerzeit. Sie machte auch gern Sonntagsausflüge mit uns, obwohl sie vorgehabt hatte, sich irgendwo eine Predigt anzuhören.

Und dann teilte sie auf einmal mit, ihre Sonntage seien künftig belegt.

Ich sehe noch vor mir, wie das war. Wir saßen im Boot, das im Schilf lag, und die Seerosen blühten, denn es war Hochsommer. Lientje hatte ihren Arm ins Wasser getaucht und tastete nach dem langen Stengel einer Seerose, die sie pflücken wollte.

»Nächsten Sonntag müsst ihr allein etwas unternehmen«, sagte sie. »Dann geht es mit meiner Sonntagsschule los, um elf Uhr.«

Hannes fuhr hoch, er hatte dösend auf dem Vorderdeck gelegen, aber nun war er hellwach und suchte in seinen Taschen nach dem Zigarettenetui.

»Was heißt das?«, fragte er.

Lientje betrachtete leicht abwesend die Seerose, die sie gerade aus dem Schilf emporzog – ich musste unwillkürlich an Gretchen denken, die Margeritenblätter abzupft, und wunderte mich. Dann sagte ich ebenfalls: »Ja, was heißt das denn?«

Ohne aufzublicken, antwortete sie: »Ich möchte den Kindern mehr beibringen, als ich es in der Schule kann.«

Hannes suchte immer ungeduldiger nach seinen Zigaretten, er wusste nie genau, wo er sie hingesteckt hatte, weil bei seinen Sportkleidern die Taschen mal hier und mal da waren. Und genauso ungeduldig sagte er zu Lientje: »Unsinn, das ist nicht der Grund. Warum willst du die Sonntage für dich allein haben?«

Da schaute Lientje Hannes auf eine Art an, wie ich es von Mutter früher kannte – als wäre sie daran gewöhnt zu leiden.

Das erschreckte mich, ich sagte: »Das ist doch ihre Sache.«

Und in dem Moment merkte ich, dass ich das Gleiche gesagt hatte wie Hannes zu mir, als der Pfarrer bei uns gewesen war.

Hannes hatte inzwischen sein silbernes Etui gefunden, er streifte hektisch die Asche seiner Zigarette daran ab, er war aufgestanden und blickte auf Lientje hinunter. Ihr Gesicht konnte er nicht sehen, weil sie auf ihre Hände schaute, in denen nun die gepflückte Seerose lag. Hannes hatte einen so unbestimmten, fragenden Blick, dass ich dachte: Was sieht er gerade vor sich?

Dann sagte er: »Was sollen die Kinder denn noch lernen, du bringst ihnen in der Schule ja wohl genug bei, oder?«

Lientje wurde rot, sie konnte nur schwer sagen, was sie dachte, und ich fand es lieb von ihr, dass sie trotzdem eine Sonntagsschule übernehmen wollte. Endlich sagte sie: »Ich will den Kindern etwas über das Leben beibringen.«

Daraufhin machte ich einen Scherz – es war ein schöner sonniger Sonntag, und ich fühlte mich nicht so unglücklich wie sonst, ich sagte: »Dafür brauchst du keine Sonntagsschule zu halten. Warte einfach ab, bald hast du einen Mann und eigene Kinder.«

Plötzlich wurde mir klar, dass ich das besser nicht gesagt hätte, und mich durchfuhr ein Angststoß. Lientje war mit ihren zweiundzwanzig Jahren schon eine Frau, das begriff ich in dem Augenblick ein für alle Mal. Ein Blick zu Hannes sagte mir, dass auch er es begriffen hatte, im gleichen Augenblick – er sah nicht mehr so unbestimmt drein, er zog die Brauen zusammen und schaute forschend aufs Wasser hinaus, diesen Ausdruck hatte er sonst nur, wenn sich ein Regenguss ankündigte. Dann bückte er sich und nahm Lientje die Seerose aus den Händen, er streifte die Blütenblätter zurück und betrachtete das gelbe Herz – aber auf einmal warf er die Blume über Bord, sie blieb in den Schilfstengeln hängen. Er löste das Seil und stieß das Boot vom Steg ab, ich übernahm das Ruder. Lientje saß immer noch vorgebeugt da, ihre Hände waren im Schoß zu einer Schale geformt, in der die Seerose gelegen hatte.

Als das Boot wieder übers glatte Wasser glitt, vorbei an der Schleuse und an der Kaimauer entlang, wo der unappetitliche Stadtdreck trieb, überkam mich wieder die Beklemmung, die die Sonne verscheucht hatte – und dazu noch eine neue Angst: Mir war aufgegangen, wie karg und einsam Lientjes Leben war und dass ich daran Schuld hatte.

Es ist egal, ob ich jetzt noch mehr erzähle, man kann ja auch keine Landschaft malen, die die schwarze Nacht darstellt. Um mich herum war alles schwarz in diesem letzten Sommer – nein, ich sage das falsch – *in* mir war alles schwarz, was auch immer ich sah und dachte, wurde so dunkel, als würde Schlamm darüberrinnen.

Tagsüber saß ich in meinem Sessel am Fenster, und alles, was vorüberging oder hochschaute, war eins, schmutzig und dunkel und doch bedeutungslos. Mir war inzwischen auch einerlei, wie es in der Wohnung aussah, sie war nie mehr sauber und aufgeräumt, ich achtete nicht einmal mehr auf meine Kleidung – ich glaube, damals ist mir meine damenhafte Erscheinung abhandengekommen.

Einzig Hannes und Lientje waren noch nicht ganz im Schlamm versunken, sie konnte ich noch sehen. Das stimmte mich zwar nicht froh, aber immerhin waren sie da – ich hatte wenigstens noch Kummer ihretwegen. Ich habe so viel Kummer und Angst wegen Hannes und Lientje ausgestanden, weil ich beiden Schaden zugefügt hatte – dass es auf der Welt so viel Angst und Kummer zugleich geben kann, lässt sich kaum denken.

Ja, ich weiß schon, ihr nennt das Schwermut oder irgendeine Phobie, für euch ist das eine Krankheit, ihr gebt unseren Krankheiten klingende Namen und steckt uns dann in eine Anstalt mit goldenen Lettern über dem Eingang. Aber wir sind nicht einfach nur krank, das ist keine gewöhnliche Krankheit, denkt bloß nicht, wir wären arme Kranke. Der Anfang lässt sich immer finden; wenn man sich Mühe gibt, findet man heraus, wo und ab wann festgestanden hat, dass wir krank werden mussten – sucht danach, und ihr werdet bei jedem finden, dass er irgendwann die falsche Wahl getroffen hat.

Gott, wenn es doch jemanden gäbe, der warnend sagt: Es ist so weit, jetzt, in diesem Augenblick und an diesem Ort stehst du vor der Wahl. Aber alle Tage gleichen sich, und ein Ort ist wie der andere, nirgends steht ein Hinweis: Jetzt fällt die Entscheidung.

Der Mensch kann doch nicht so leben, als würde er immer und überall vor einer Entscheidung stehen?

Darum ist es vielleicht nur gut, dass wir sterben dürfen, ohne selber darüber zu entscheiden. Dabei zumindest haben wir keine Wahl, man stirbt nicht, man wird gestorben. So, wie man geboren wird – ohne jedes Wissen oder Wollen.

Sie wissen natürlich, wie Hannes gestorben ist, es hat in allen Zeitungen gestanden.

Ganz plötzlich, ohne dass er es wollte oder daran gedacht hätte. Weil das Seil gerissen ist, an dem er über einer Gletscherspalte hing.

Die Zeitungen haben viel darüber geschrieben. Hannes war ein bekannter Sportler, und der Unfall war tragisch, er konnte überhaupt nichts dazu. Und außerdem war er noch jung, erst vierunddrei-ßig. Alle möglichen Leute, die ich noch nie gesehen hatte, sprachen mir ihr Beileid aus – sonderbar war nur, dass ich keinen bitten konnte, ihm die letzte Ehre zu erweisen, sein Körper befand sich noch irgendwo im Eis.

Seltsam, es war gar nicht furchtbar für mich, sondern eher ein Trost, dass er still und noch unverwest und für keinen erreichbar irgendwo lag. Insgeheim machte es mich sogar ein bisschen stolz, dass sein Körper noch war wie früher, als ich ihn in den Armen gehalten hatte – dass er über andere Menschen erhaben war, weil er auch im Tod noch schön und makellos sein durfte.

Ja. Jetzt werde ich Ihnen etwas sagen, etwas ganz Entsetzliches, ich verstehe selber kaum, dass ich mich das zu sagen traue: Ich war nicht einmal traurig, als Hannes gestorben ist.

Unmenschlich ist das, nicht wahr? Ja, das war mir klar, und trotzdem war kein Fünkchen Trauer in mir. Zu Anfang, kurz nach seinem Tod, habe ich manchmal meine Stirn befühlt, ob sie sich nicht in Kummerfalten legen wollte, damit wenigstens ein paar Tränen aus meinen Augen liefen. Aber sie war und blieb glatt – bis auf die paar Falten, die ich bereits hatte.

Ich hatte so viel Angst um Hannes ausgestanden, ich war so aufgepeitscht und zerquält von den furchtbaren Gedanken über ihn und andere. Als ich dann wusste, dass er tot war, wirklich tot, verschaffte mir das endlich Ruhe. So, wie es im Saal auf einmal herrlich ruhig ist, wenn Mevrouw Thysselt nach einem Anfall zusammensinkt.

Später, als alles vorbei war, als man ihn schließlich gefunden hatte und er auf dem dortigen Friedhof begraben war, habe ich mich dabei ertappt, dass ich leise gelacht habe, froh um die herrliche Ruhe, ohne Angst.

Ja. Jetzt erzähle ich Ihnen, was passiert ist; das macht mir keine Schwierigkeiten, weil ich noch immer nicht um Hannes trauere.

Er ist am Abend vor Lientjes dreiundzwanzigstem Geburtstag in die Schweiz gefahren.

Mir war so elend zumute wie noch nie vorher und nie nachher. Nicht, weil er ging und mich alleinließ, daran war ich gewöhnt, und ich hatte auch keine Erwartungen mehr, sondern weil ich so weit in meinem schwarzen Schlamm versunken war, dass ich mich nicht mehr bewegen konnte. Ich war innerlich leer wie ein ausgelöffeltes Ei, dessen gesprungene Schale man zerdrückt und in den Abfalleimer wirft – ich konnte nur noch dasitzen und abwarten, was mit mir geschehen würde.

Hannes war abreisebereit, er hatte keinen Koffer, nur einen schweren Rucksack, großes Gepäck war ihm lästig. Ich sah ihm an, dass er gern ging, und ich wusste auch, warum – ich wusste alles –, er brauchte dann nicht bei mir zu sein, das konnte ich natürlich verstehen. Ich war nur noch eine Last für ihn, nichts anderes mehr; nach dem Urlaub im Frühjahr hatte er mich nicht mehr angerührt, auch das war verständlich, er konnte nicht anders, so beschmutzt, wie ich war von meinen scheußlichen Gedanken. Das alles war mir völlig klar.

Er stand vor mir und nahm meine Hand – ich hatte damals ganz magere Hände. Er beugte sich zu mir herab, aber plötzlich zuckte er zurück – das war furchtbar: Er benahm sich wie Tjor beim Anblick der Peitsche.

Dann kam Lientje ins Zimmer, mit roten Augen, weil sie geweint hatte – ich dachte: Sie weint, weil sie jetzt mit mir allein sein muss –, und sie tat mir leid, denn mit einem verdorbenen Geschöpf wie mir, das nur stört, zusammenleben zu müssen, ist wirklich schlimm.

Hannes war schon an der Tür, da setzte er auf einmal den Rucksack ab – er ging zu Lientje und nahm ihren Kopf in beide Hände, ich sehe es noch vor mir, seine kräftigen braungebrannten Hände an ihrem Kopf.

Und dann legte er die Wange an ihre Stirn.

Erst als unten die Haustür zuschlug, hat Lientje die Augen wieder aufgemacht. Und dabei lächelte sie ganz merkwürdig, als litte sie einen schlimmen Schmerz, den sie aber bereit war zu erleiden.

Ja. Jetzt ist es mir klar. Jetzt weiß ich, woher ich das kenne. Charles hatte eine kleine Pietà von einem unbekannten Meister – ich habe öfter davorgestanden und nie begriffen, dass Maria noch lächeln konnte, es musste doch furchtbar sein, den toten blutigen Christus auf dem Schoß zu halten. Und genau dieses Lächeln hatte Lientje, als sie an dem Abend Hannes' Schritten draußen auf der Straße lauschte, bis sie nicht mehr zu hören waren.

Das alles weiß ich noch gut. Ich hatte Hannes und Lientje damals ständig im Blick, das musste ich, damit ich sehen konnte, wie sehr sie unter mir litten.

Und eine Woche später kam das Telegramm.

Die Putzfrau brachte es herein. Lientje nahm es entgegen, und auf einmal sank sie ganz seltsam schlaff zu Boden.

Da wusste ich, was geschehen war. Ich brauchte das Telegramm nicht einmal mehr zu lesen.

Wir haben Lientje auf ihr Bett gelegt – ich habe nicht einmal erwogen, in die Schweiz zu fahren, es hätte ja nichts genützt. Ein Bruder von Hannes ist hingefahren, und ich habe bei Lientje gesessen und ihr Kompressen auf den Kopf gelegt, tagelang.

Das ist alles, was ich über Hannes' Tod erzählen kann.

Und es stimmt genau mit dem überein, was ich heute weiß – dass er nicht tot ist.

Schon nach ein paar Tagen kamen mir Zweifel, ob er endgültig tot und fort sein konnte – ich träumte jede Nacht von ihm, dann war er am Leben und sprach mit mir, so normal wie in den letzten Jahren nicht mehr. Und das war herrlich – denken Sie nur, er gehörte mir wieder, er kam in meinen Träumen zu mir! Noch morgens beim Aufwachen war ich glücklich und wartete dann geduldig auf den nächsten Abend. Es war aus und vorbei mit der furchtbaren Angst um Hannes – er gehörte mir ganz allein, er war wieder *mein* Mann, niemand konnte ihn mir nehmen. Ich würde ihn für immer behalten dürfen, dessen war ich mir sicher.

Er kam, manchmal legte er den Arm um mich, und immer hatte er sein gewohntes lebendiges Gesicht, nie habe ich etwas Unheimliches von ihm geträumt. Ich war in dieser Zeit, kurz nach seinem Tod, noch einmal richtig glücklich, ich sah auch wieder etwas besser aus. Das sagten mir die Leute – sie waren leicht verlegen dabei, sagten aber doch: »Sie sehen zum Glück nicht mehr ganz so schlecht aus.«

Es kommt wohl öfter vor, meine ich, dass eine Frau besser aussieht, wenn sie Witwe ist. Ich fühlte mich gesünder, auch was mein Denken anging, alles um mich herum normalisierte sich, wurde wieder so wie früher. Mein Haushalt war mir nicht mehr einerlei, ich half wieder mit, wenn die Putzfrau kam, und manchmal lachten wir sogar zusammen. Immer wieder sagte ich mir: Du darfst ruhig an Hannes denken, jetzt gehört er wieder dir.

Sie dürfen aber nicht glauben, dass das Märchen waren, mit denen ich mich selber beschwichtigte. Unsinn, das hätte mir keine Zufriedenheit verschafft – und zufrieden war ich, die Leute sahen es ja, ich nahm zu. Ich war mir ganz gewiss, dass Hannes nachts in meinen Träumen zu mir kam, das wusste ich so sicher, wie dass ich atmete.

Ich weiß, was Sie sagen wollen: Träume sind Schäume. Stimmt, jetzt weiß ich das wieder, Träume dienen nur dazu, uns selber zu betrügen. Aber damals war mir nicht klar, dass ich im Grunde von mir träumte.

Selbst wenn ich dabei geholfen hätte, Hannes zu begraben, selbst wenn ich seinen toten Körper gehalten hätte – ich hätte fest daran geglaubt, dass er in meinen Träumen zu mir zurückkehren könnte, wenn er das wollte.

Es gibt Leute, die glauben nur, was sie sehen. Ich halte grundsätzlich alles für möglich, bis ich schließlich weiß, was ich glauben kann und was nicht. Und dass Menschen ganz und gar tot und fort sind, habe ich nie glauben können – das ist schon lustig – was Gott angeht, war ich mir nie so sicher wie bei den Menschen.

Ich konnte mir jedenfalls nicht vorstellen, dass Hannes mitsamt seiner Lebenslust und Energie auf einmal fort sein konnte, so als hätte es ihn nie gegeben, ich selber konnte ja auch nicht endgültig tot und fort sein. Er musste noch da sein, das war gewiss, nur wusste ich nicht, wo er war. Darum war es für mich völlig einleuchtend, dass er in meinen Träumen zu mir kam.

Und darum konnte ich auch über ihn sprechen, sogar mit der Putzfrau habe ich über Hannes gesprochen. Er war wieder ganz selbstverständlich in meinen Gedanken – und ich nannte gern seinen Namen, wenn auch nur der Putzfrau gegenüber.

Mit Lientje über Hannes zu sprechen war nicht möglich – sie gab keine Antwort. Sie war wortkarg in der Zeit, aber anscheinend dachte sie viel nach. Ihre Hände taten aber alles noch so genau und ordentlich wie vorher, sie pflegte auch sorgfältig unsere Balkonpflanzen, die ich mitunter vergaß. Und für ihre Schüler dachte sie sich allerhand Überraschungen aus, sie unterrichtete die ganz Kleinen. Zur Kastanienzeit bastelte sie Männchen und Tiere für die Kinder, und in der letzten Adventswoche hat sie das Klassenzimmer mit Tannengrün und versilberten Tannenzapfen geschmückt. Ja. Für diese letzte Adventswoche. Seltsam, jetzt brauche ich nicht mehr viel zu sagen.

Lientje hatte auch Tannenzweige mit nach Hause gebracht, um sie in unseren Zimmern aufzuhängen, es roch gut nach Harz, das erinnerte mich an die Spaziergänge im Frühjahr mit Hannes durchs junge Tannenholz. Am Mittwoch vor Weihnachten hat Lientje die Lampen und den Spiegel und die Bilderrahmen mit grünen Girlanden verziert, sie brauchte lange dafür, ich hatte währenddessen die ganze Morgenzeitung gelesen, bis auf die Anzeigen. Es war ruhig im Zimmer und roch fein, ich war guter Laune und zufrieden.

Ich überflog rasch den Anzeigenteil, weil Lientje noch immer nicht fertig war. Da sah ich eine Anzeige, die ich unbedingt lesen musste, die fette Überschrift sprang geradezu ins Auge – sie lautete: »Spiritistische Séance«.

Ich war noch nie bei einer Séance gewesen, hatte aber schon öfter davon gehört. Ein Freund von Hannes hatte kurz nach dem Krieg in England gewohnt und uns erzählt, dort seien damals viele Séancen gehalten worden, weil die Menschen gern mit ihren Toten in Verbindung treten wollten. Man müsse einen Gegenstand aus dem Besitz des Ver-

236

storbenen mitbringen, hatte er gesagt, daran könne das Medium sich orientieren.

Das fiel mir beim Lesen der Anzeige wieder ein, und ich entschloss mich sogleich hinzugehen. Datum und Ort waren angegeben, die Séance fand am gleichen Abend in einem Vereinshaus statt.

Lientje war mit ihren Tannengirlanden fertig, ich zeigte ihr die Anzeige, sagte, ich würde teilnehmen und sie könne mitkommen. Sie sah mich verständnislos an, darum erklärte ich ihr, dass wir dort vielleicht etwas von Hannes hören könnten.

Sie sah mich weiterhin an und zwinkerte dabei wie des Öfteren, wenn sie etwas deutlich sehen wollte, sie war ein klein wenig kurzsichtig. Und dann sagte sie: »Das darfst du nicht tun.«

Ich fragte nur: »Warum willst du nicht mit?« Denn dass *ich* gehen würde, stand fest.

Lientje gab keine Antwort, sie ging durch die Zwischentür in das Zimmer, das Hannes gehört hatte. Später bin ich ihr nach, um ihr begreiflich zu machen, warum ich zu dieser Séance wollte.

Sie saß neben dem Tischchen bei der Tür, auf das Hannes seine Zigarettenschachteln und seine Boxhandschuhe und seine Zeitschriften warf, wenn er nach Hause kam, ein ganzer Haufen Kram war zusammengekommen, den ich noch nicht durchgesehen hatte.

Lientje hatte eine große Vase mit Hulst dazugestellt, auch auf dem Tisch beim Diwan stand Hulst. Ich fragte, warum sie Hannes' Zimmer nicht auch mit Tannengrün geschmückt habe, da sagte sie: »Hannes mochte Hulst lieber.« Und sie fing an, die Zweige zu ordnen, als wäre ich gar nicht da.

Ich kam wieder auf die Séance zu sprechen, ich wollte auf jeden Fall hin, und sie sollte wissen, warum – ich hätte schon so oft von Hannes geträumt, sagte ich, und es könne gut sein, er wolle mir noch etwas sagen – zumal er sich nicht verabschieden konnte.

Ich redete und redete, sie ordnete die Zweige, die wirklich schön aussahen, die schweren Kugelfrüchte waren feuerrot, und die Blätter glänzten dunkelgrün. Ich redete sehr lange – endlich ließ sie von der Vase ab, aber dann hielt sie sich plötzlich die Ohren zu, sie stampfte mit dem Fuß auf und rief: »Sei still! Sei in Gottes Namen still! Das geht nicht, du darfst nicht – du darfst das nicht tun.«

So hatte ich Lientje noch nie erlebt, ich fragte: »Warum nicht? Was verstehst du denn von solchen Dingen?«

Sie sah mir direkt in die Augen, ihre Wut hatte sich anscheinend wieder gelegt, und sie sagte: »Ich verstehe nichts davon. Aber wenn *du* daran glaubst, darfst du nicht hin.«

Ich habe gefragt: »Darf ich etwa nicht versuchen, etwas von Hannes zu hören?«

Da stand sie plötzlich aufrecht vor mir, sie packte mich an den Armen und schüttelte mich – es war schrecklich, sie war sonst nie wütend, und es stand ihr ganz merkwürdig zu Gesicht, weil sie nicht der Typ dafür war. Gerade dadurch wirkte es töricht, als würde eine Maus gegen die Katze Aufstand machen. Aber sie ließ mich nicht los und rief so schrill, wie ich es noch nie von ihr gehört hatte: »Du darfst nicht, du darfst nicht gehen, du hast ihm im Leben keine Ruhe gelassen, musst du ihn im Tod auch noch quälen?«

Dann ließ sie mich keuchend los – ich bin ohne ein Wort aus dem Zimmer gegangen. Und ohne böse auf sie zu sein, denn wie sollte sie wissen, was ich wusste – dass Hannes im Traum gesagt hatte, er habe Sehnsucht nach mir?

Ich habe allein gegessen, das erste Mal nach vielen Jahren saß ich wieder allein am Tisch, ohne Lientje und ohne Hannes. Lientje hatte die Tür seines Zimmers hinter mir zugemacht – irgendwie lustig, dass sie so rebellisch war, mir gefiel das nicht schlecht, und ich dachte: Sie hat zarte Nerven, aber jetzt scheint sie allmählich robuster zu werden. Ich war wirklich bester Laune, weil ich zu der Séance gehen würde.

Nach dem Essen habe ich mich hübsch angezogen, ganz in Ruhe, ich habe meinen besten Mantel hervorgeholt und mir auch wieder einmal die Nase gepudert. Als ich meinen neuen grünen Samthut aufsetzen wollte, sah ich im Spiegel, dass mein Haar an den Schläfen fast weiß war, und mit dem Hut in der Hand habe ich überlegt, ob ich es schwarz oder besser braun färben sollte. Nach einer Weile habe ich mich für Rotbraun entschieden, erst danach habe ich den Hut aufgesetzt, langsam und umsichtig, so dass die weißen Haare nicht unter der Krempe hervorschauten. Trotzdem war ich zu früh mit Ankleiden fertig, eine halbe Stunde vor der Zeit bin ich bereits aus dem Haus gegangen.

Aber auf halber Strecke zu dem Vereinshaus fiel mir ein, dass ich keinen Gegenstand von Hannes mitgenommen hatte, also musste ich umkehren und den Weg wieder zurück. Ich habe den Silberbleistift eingesteckt, den Hannes immer in der Westentasche hatte, ich benutzte ihn an meinem kleinen Schreibtisch.

Dann war gerade noch Zeit, mit der Trambahn zum Vereinshaus zu fahren. Ich musste fünfundsiebzig Cent Eintritt zahlen, das schien mir ein krummer Betrag – ich weiß noch, dass ich einen Gulden hinreichte und die Münze, die das Fräulein mir herausgab, einfach liegen ließ.

Im Saal brannte ganz normal Licht, nichts mutete geheimnisvoll oder gruselig an, alle Plätze waren besetzt, ich rechnete den Eintritt zusammen und kam auf eine stattliche Summe. Nervös oder aufgeregt war ich überhaupt nicht, um mich herum saßen lauter Leute wie ich, die ebenfalls Geld gezahlt hatten, weil sie etwas erfahren wollten oder schlicht neugierig waren.

Bevor das Medium kam, machte ein Herr mit einem großen Holztablett die Runde, darauf sollten wir die mitgebrachten Gegenstände legen. Als er mir das Tablett hinhielt, legte ich rasch den Stift darauf, den ich schon die ganze Zeit in der Hand gehabt hatte, und da lag er dann zusammen mit vielen anderen alltäglichen Sachen – Geldbörsen, Ansichtskarten, Armbanduhren, ein rotes Samttäschchen –, es war ein Sammelsurium, wie es jeder zu Hause hat, ohne darauf zu achten.

Aber als das Tablett auf dem Tisch stand, neben der Karaffe und dem Glas, die üblicherweise auf diesen grünen Tischtüchern stehen, sah es doch aus, als würden die Gegenstände auf etwas warten.

Das Medium, das die Séance abhielt, war eine recht unscheinbare Frau; hätte sie mir in der Trambahn gegenübergesessen, hätte ich sie nicht einmal angeschaut. Sie war füllig und hatte ein Doppelkinn, sie trug – wie viele wohlanständige Bürgersfrauen – ein aus der Mode gekommenes schwarzes Seidenkleid. Und ihre Stimme klang ebenfalls nach braver Bürgersfrau.

Aber schon ihre ersten Worte waren seltsam, sie sagte: »Ich werde zunächst einige Intelligenzen beschreiben, die ich hier im Raum wahrnehme.« Dann wurde ihr Blick starr und leicht glasig – so wie bei Leuten, die tief in Gedanken versunken sind.

Sie blickte über die Köpfe hinweg, dann deutete sie in den Saal und fing mit dem Beschreiben an: »Hinter dem Herrn in der ersten Reihe – dem Herrn mit dem Pelzkragen – steht eine alte Dame. Sie hat ein volles Gesicht und einen breiten Mund, jetzt lacht sie, ihr fehlt ein Eckzahn – an ihrem Arm hängt eine schwarze Einkaufstasche.«

Natürlich gingen alle Blicke zu dem Herrn, der eigentlich kein Herr war, sondern ein Chauffeur. Ich war froh, dass hinter *mir* niemand stand.

Das Medium beschrieb noch etliche weitere Erscheinungen, und man sah den Leuten an, ob sie damit etwas anfangen konnten, es war ein wirklich amüsanter Zeitvertreib, ihre Reaktionen zu beobachten.

Dann nahm das Medium einen Gegenstand von dem Tablett. Und mit einem Mal war es vorbei mit dem Amüsement. Ich war ganz darauf konzentriert, ob ihre Hand womöglich nach dem Silberbleistift griff.

Eine Stunde war vergangen, die Frau hatte viele Gegenstände betastet und deren Besitzer mit ihren Eigenarten beschrieben – ob alles stimmte, was sie sagte, war den Leuten doch nicht immer anzusehen. Einige nickten, und die meisten lachten, aber manche saßen stocksteif und ohne eine Regung da.

Das Medium erteilte auch Ratschläge, wenn der betreffende Gegenstand einem Lebenden gehörte. Einem alten Herrn sagte sie, seine Haushälterin, deren rotes Samttäschchen er mitgebracht hatte, sei zwar ein schwieriges Weibsbild, würde ihm aber noch lange erhalten bleiben; da machte er eine unglückliche Miene – er habe eigentlich wissen wollen, wie sie ihre Kopfschmerzen loswerden könne, sagte er, und daraufhin empfahl das Medium nasse Wickel und dergleichen. Die anderen hatten ihr Vergnügen an dem alten Herrn.

Ja, das waren schon kuriose Stunden – kein Anliegen war der Frau zu groß oder zu klein, sie befasste sich mit allem – einer Mutter, die ihr Kind verloren hatte, beschrieb sie das Kind und überbrachte liebe Worte von ihm – und im nächsten Moment ging es um eine verschwundene Trambahnmonatskarte, die auf dem untersten Brett eines

Bücherregals liegen musste. Alles war sehr menschlich, und dass der Eintritt fünfundsiebzig Cent pro Person gekostet hatte, leuchtete mir nun ein – Geld war schließlich auch etwas sehr Alltägliches, mit dem wir alle zu tun hatten.

Plötzlich hatte die Frau den Silberbleistift in der Hand – und mein Herz setzte aus. Aber dann schaute sie drein, als hätte jemand nach ihr gerufen; sie legte den Stift wieder weg.

Allmählich langweilte ich mich, es wurde auf die Dauer eintönig, das Medium hatte auch keine angenehme Stimme. Wenn sie lebhaft sprach, ging es noch an, aber immer wieder verfiel sie in ihren sachlichen Séancetonfall, dann blickte sie in den Saal und sagte mit Bürgersfrauenstimme: »Würden Sie bitte prüfen, ob das zutrifft?«

Und trotzdem konnte ich nicht gehen, denn der Stift lag noch bei den anderen Sachen, ich hatte nach wie vor die Hoffnung, sie würde mir etwas sagen, das mir nützen konnte. Aber dann sah ich auf meiner Uhr, dass die vorgesehene Zeit bald um war.

Mir fiel ein, dass man andere dazu bringen kann, etwas Bestimmtes zu tun, wenn man es unbedingt und ganz fest will, also habe ich mein gesamtes starkes Verlangen auf die Frau gerichtet, in ihre hellen starren Augen geschaut und ihren Willen mit meinem niedergezwungen – sie sollte Hannes' Silberbleistift nehmen.

Plötzlich legte sie weg, was sie in der Hand gehabt hatte, bewegte die Finger wie suchend über das Tablett und griff nach dem Stift.

Ich zuckte vor Schreck zusammen, sie hatte tatsächlich getan, was ich wollte. Sie schaute bereits in meine Richtung, aber über mich hinweg, auf etwas hinter mir, so wie vorher bei den anderen, dann wog sie den Stift in der flachen Hand und hob sie mühsam hoch, als läge etwas Schweres darauf.

»Das ist eigenartig«, sagte sie langsam, »es ist, als müsste ich diesen Gegenstand aus der Tiefe emporheben – dort herrscht große Kälte, meine Fingerspitzen werden ganz kalt, sie frieren ab.« Und sie schauderte zusammen. Dann hatte sie auf einmal wieder ihren normalen Blick und sagte mit Séancestimme: »Ich werde zunächst die Gegenstände beschreiben, bei denen dieser Stift gelegen hat. Ich sehe ein Zigarettenetui, ein russisches Silberetui, es hat ein Monogramm in der Ecke – weiß jemand hier im Raum, ob in das Etui etwas eingraviert ist?«

Ich nickte, und die Umsitzenden schauten prompt her – das war furchtbar –, aber ich wollte durchhalten, ich wollte wissen, was es zu wissen gab.

»Da steht auch eine Jahreszahl, ich sehe eine Neun und eine Drei – 1923 – trifft das zu?«

Ich habe wieder genickt, es stimmte haargenau, das Zigarettenetui hatte Hannes bei einem Schwimmwettkampf im Jahr 1923 gewonnen.

»Jetzt sehe ich auch ein Taschentuch«, fuhr die Frau fort, »ein Herrentaschentuch – dunkelblaue Seide mit weißen Kanten. Stimmt das?«

Ich wartete regungslos – ich sah das Taschentuch vor mir, das Lientje Hannes zu seinem letzten Geburtstag geschenkt hatte. Dann sagte das Medium: »Nun werde ich wieder eine Intelligenz beschreiben, deren Gegenwart ich wahrnehme. Hinter der Dame in der sechsten Reihe, der Dame mit dem grünen Hut, steht ein Herr. Ein blonder Herr, er ist etwas blass, hat aber eine kräftige Statur. Jetzt deutet er auf eine Narbe, eine breite weiße Narbe an seinem rechten Arm.«

Da musste ich die Hand vor meine Augen halten, ganz deutlich sah auch ich die Narbe, die Hannes an seinem Unterarm zurückbehalten hatte, nachdem er die Glasscheibe der Küchentür eingeschlagen hatte. Das Medium sprach bereits weiter: »Er will, dass ich etwas sage, er sorgt sich um eine Person, die er bei seinem Übergang zurückgelassen hat. Ich soll eine Warnung überbringen.«

Plötzlich hob sie den Kopf, als würde sie lauschen. Als sie wieder sprach, war ihre Stimme völlig anders, tief, wie von einem Mann. Und mit dieser Stimme sagte sie: »Lene? Line?«

Und dann, nun wieder in sachlichem Ton: »Können Sie prüfen, ob das zutrifft?«

Ich konnte nichts mehr prüfen – ich war wie erstarrt – kein Wort hätte ich mehr hervorgebracht, mein Herz pochte mit harten Schlägen, ich spürte es bis in den Hals.

Die Frau legte den Stift hin und nahm ihn wieder, sie strich mit dem Finger darüber, dann fuhr sie fort: »Ich soll sprechen, sagt er, es gibt da jemanden, dem er beistehen muss.«

Sie verdrehte die Augen zur Seite, als würde sie angestrengt horchen; als sie dann wieder etwas sagte, war ihre Stimme hoch und ängstlich, sie sprach sehr schnell.

»Es droht Gefahr – die blonde junge Frau, die neben ihm steht, ist in Gefahr, aber er kann sie nicht erreichen – es muss von woanders Hilfe kommen.«

Dann beschrieb sie mit ihrer normalen Stimme die junge Frau, ich merkte gleich, dass es um Lientje ging – sie sprach von einem zierlichen Persönchen mit blonden Locken und blauen Augen und beschrieb Lientjes typische Art, den Kopf zur Seite zu neigen. Die junge Frau habe ein weißes Gewand an, sagte sie weiter, einen Morgenmantel oder ein Nachthemd. Das war amüsant – Lientje hat nie Pyjamas tragen wollen. Ich nickte, bis jetzt stimmte alles – ich verstand nur nicht, warum Lientje von Hannes beschützt werden musste.

Die Frau redete weiter und schaute dabei über mich hinweg, ein paarmal lächelte sie über etwas, das sie sah. »Die junge Frau hat schöne blonde Locken«, sagte sie, »jetzt schlingt sie ein weißes Band darum. Der Herr neben ihr sieht zu – nun legt er ihr die Hand auf den Kopf – sie sind ein schönes Paar.«

Ich war unversehens aufgesprungen, die Leute haben sich zu mir umgedreht, glaube ich, trotzdem habe ich gerufen: »Das stimmt nicht! Sie irren sich!«

»Ich irre mich nicht«, sagte das Medium in einem Ton, als wäre ich ein aufsässiges Kind, »diese beiden Menschen gehören zusammen, sie sind verlobt oder verheiratet.«

Ich bin kerzengerade stehen geblieben, mir war eiskalt, und dann habe ich über die vielen Köpfe hinweg durch den Saal geschrien, das sei alles nicht wahr, diese zwei Menschen seien weder verlobt noch verheiratet gewesen. Die Frau ging nicht darauf ein, sie machte nur knappe Handbewegungen, wie um eine Mücke oder Fliege zu verscheuchen.

Und ich hätte sie am liebsten vom Podium ge-
scheucht.

Dann redete sie weiter, ziemlich schroff und ge-
reizt: »Widersprechen Sie mir nicht. Wenn ich sage,
dass es so ist, habe ich meine Gründe dafür, das
kann ich jetzt nicht erläutern. Wir sehen die Verbindungen zwischen Menschen anders als Sie, wir
sehen solch ein Eheverhältnis ganz anders.«

Und dann ließ sie den Stift fallen, so plötzlich,
als hätte sie sich daran verbrannt – sie hatte wieder
ihren normalen Blick und sagte in den Saal hinein:
»Ich möchte nichts mehr darüber sagen. Die Dame
mit dem grünen Hut kann nachher zu mir in den
Sitzungsraum kommen – ihr sage ich gern mehr.«

Ich wollte gehen – dazu musste ich an etlichen
Leuten vorbei, das versetzte den ganzen Saal in
Unruhe, aber mich hielt hier nichts mehr, nicht einmal an den Stift habe ich gedacht, ich wollte nur
noch nach Hause.

Ich musste fliehen. Angeschossene Tiere, die
tödlich verwundet sind, fliehen in ihren Bau, um
dort zu sterben, das habe ich einmal gehört. Und
ich bin nach Hause geflohen, wie eine Blinde habe
ich meine Füße vorangeschoben und mich an Trot-
toirabsätzen und Hauswänden entlanggetastet –
und immer wieder musste ich die Hände an die
Augen pressen und dann wieder aufs Herz, das so

heftig schlug, dass es schmerzte, ich spürte nur noch mein Herz und konnte keinen Gedanken mehr fassen. Aber vor unserem Haus wusste ich auf einmal wieder, dass Lientje oben in der Wohnung war und dass ich sie etwas fragen musste.

Nur was, wusste ich nicht, wie ich da vor der Haustür stand und den Schlüssel einfach nicht ins Schloss bekam – ich wollte nur dringend hinein, zu Lientje.

Oben war alles dunkel, ich konnte sie nicht finden. Ich habe überall Licht gemacht, in ihrem Zimmer und in meinem und im Wohnzimmer – nirgends war sie. Dann merkte ich, dass die Tür zu Hannes' Zimmer abgeschlossen war. Ich stand davor und konnte nicht weiter. In einer Ecke der Türfüllung klebte Dreck, den habe ich mit dem Nagel abgekratzt, und dann sah ich einen schmutzigen Fingerabdruck und dachte: Hannes hat ja auf dem Sportplatz ganz schwarze Hände bekommen.

Und ganz plötzlich wusste ich wieder, dass Hannes tot war und dass er mich mit Lientje betrogen hatte.

Da schlug bei mir der Blitz ein. Mit einem Mal wusste ich alles, ich sah alles. Ich hörte eine Bewegung hinter der Tür – jetzt war mir klar, warum Lientje nicht zu der Séance mitgewollt hatte.

Ich habe an die Tür geschlagen, sie wurde nicht

geöffnet. Ich habe geschlagen und gehämmert, aber von drinnen kam kein Laut mehr.

Da habe ich mich nach etwas umgesehen, mit dem ich die Tür zertrümmern konnte, aber im Zimmer war nichts, darum habe ich aus dem Flur den Bambusstock mit dem Bleiknauf geholt, der noch bei Hannes' Hockeyschlägern stand.

Ich habe ihn kurz schwingen lassen – er war eine Waffe, das wusste ich, mit ihm ließ sich das Türblatt leicht einschlagen. Hannes hatte den Stock immer neben sich liegen, wenn wir im Zelt oder im Boot schliefen, ich hatte ihn einmal gefragt, ob er sich nicht lieber einen Revolver kaufen wolle – daraufhin sagte er, Schusswaffen seien ihm zu gewöhnlich, ein Mann müsse mit seinen Händen und einem Stock auskommen. Er hat mir auch gezeigt, wie man mit dem Stock umgeht, dabei hielt er den Bleiknauf in der Hand, das Rohr genügte ihm.

»Mit dem Knauf schlage ich nur im Notfall zu«, hatte er gesagt, »was man damit trifft, ist hinüber.«

Ich hatte immer Respekt vor dem Stock gehabt, jetzt umfasste ich ihn fest, damit würde ich in Hannes' Zimmer kommen. Das war ein gutes Gefühl, ich bin aber nicht gleich auf die Tür los, sondern habe den Stock erst an einem Fußpolster ausprobiert – er schlug ein Loch in den Trippsamt.

Dann trat ich vor die Zimmertür, und genau in dem Moment machte Lientje auf.

Sie trug ein Nachthemd, ich dachte: Sie war also nicht den ganzen Abend in Hannes' Zimmer, warum ist sie wieder dort? Und dann fiel mir auf, dass ihr weißes Nachthemd so lang war wie ein Morgenmantel und ihr bis zu den bloßen Füßen reichte und dass sie das weiße Band umhatte, mit dem sie nachts ihre Locken aus dem Gesicht hielt.

Ich ging in das Zimmer und blickte mich um – was hatte sie hier wohl gemacht? Da sah ich auf dem Diwan Hannes' weißen Sportpullover, der vorher nicht dort gelegen hatte.

Ich habe ihn genommen und die Wolle an den Händen gespürt, und mit einem Mal roch ich, dass Hannes den Pullover getragen hatte, an seinem Körper, auf seiner Haut – ich roch Hannes, wie er sich in seinen Kleidern bewegt hatte, mir wurde ganz schwindlig davon. Ich habe den Pullover wieder auf den Diwan gelegt und mit den Fingern darübergestrichen. Dabei spürte ich eine feuchte Stelle, ich habe mich zu Lientje umgewandt und Tränenspuren auf ihrem Gesicht gesehen.

Da bin ich wild geworden, ich weiß schon nicht mehr genau, was ich gesagt habe – ich glaube, es waren furchtbare Sachen – ich sehe noch ihr weißes Gesicht und den offen stehenden Mund.

Sie hat mich ganz lange angeschaut, ohne etwas zu sagen, oder aber ich habe es nicht gehört. Ich weiß nur, und das ganz sicher, dass sie etwas sagte, als sie sich an den Tisch mit dem Hulst lehnte, sie sagte: »Du warst seiner nicht wert.«

Und dann brach sie in Tränen aus – die Fäuste an den Mund gepresst, hat sie geschluchzt – geschluchzt wie früher als Kind, so verängstigt hinter den Händen, und dann habe ich gesagt: »Wie konntest du mich derart hintergehen?«

Ja, das habe ich gesagt, ich habe ihr Vorwürfe gemacht. Dass Hannes mir in der letzten Zeit seines Lebens nicht mehr gehört hatte, war mir komplett entfallen – bis heute verstehe ich nicht, wie mir das entfallen konnte. Aber ich dachte wirklich nicht mehr daran, ich fühlte mich bestohlen von ihr, ausgerechnet von ihr – und ich wollte wissen, *was* sie gestohlen hatte. Ich habe geschrien, sie solle reden, aber sie hat nur geschluckt und keinen Ton gesagt, da rief ich: »Schlampe!«, und in dem Augenblick hob sie ruckartig den Kopf.

Gott, ich wusste ja nicht, was ich alles sagte – mir tat nur noch das Herz weh, alles tat weh –, ich konnte nicht mehr. Aber das wusste sie natürlich nicht, sie stand hoch aufgerichtet und streng vor mir, sie war mir über, das sah ich. Und dann sagte sie: »Du bist schmutzig. Es stimmt, dass du schmutzig bist; wenn du das früher von dir selber gesagt hast, habe ich es nicht geglaubt, aber jetzt sehe ich es.«

Darüber erschrak ich ganz furchtbar, mir wurde kalt vor Schreck, sie hatte recht, das wusste ich. Aber da fiel mir ein, was das Medium gesagt hatte von wegen Eheverhältnis und schönem Paar – und damit waren Hannes und Lientje gemeint –, ich habe mit den Zähnen geknirscht und gesagt: »Du Schlampe bist immer noch schmutziger als ich. Und jetzt wirst du mir alles sagen.«

Mit ihrem weißen Gesicht hat sie vor mir gestanden und zu reden angefangen, sie hat sich wirklich Mühe gegeben, das Strenge war schon wieder weg, vielleicht hatte sie ja Mitleid mit mir. Ihre Stimme zitterte, aber sie hat gesagt, was ich wissen wollte: dass sie Hannes geliebt hat und er sie.

Verrückt, das war doch nichts Neues – selbstverständlich hatten sie einander geliebt, solange Hannes bei uns gewohnt hat; ich wollte wissen, was genau sie miteinander gehabt hatten.

Ich hörte zu und wartete, Lientje sprach sehr langsam und mit leiser zittriger Stimme. Es klang, als würde sie eine Lektion hersagen. Ich dachte: Was für ein Kind, was für ein ängstliches Kind sie noch ist. Aber auf einmal schaute sie über mich hinweg, mit einem seltsam glücklichen Lächeln um den Mund, und ich dachte: Jetzt ist sie froh, endlich über ihn sprechen zu können.

Sie erzählte alles, ich sah es vor mir – wie Hannes bei ihr gesessen hatte, anfangs ganz stumm in seinem Kummer wegen ihm und mir, und wie er später doch vieles erzählt hatte, bis er an einem Abend im Sommer, diesem Sommer, sich vor sie hingekniet und seinen Kopf in ihren Schoß gelegt hatte.

Seltsam. Ich habe Hannes nie knien sehen.

Lientje fuhr fort: »Ich hatte ihn lieb, schon sehr lange, vielleicht mein ganzes Leben lang, aber ich habe ja gewusst, dass er dir gehört. Er hat mich gebraucht und wollte mich in die Arme nehmen, da habe ich gesagt, dass das nicht sein darf, es wäre nicht gut für ihn, wo er doch mit dir verheiratet ist. Da hat er mich geküsst, ein einziges Mal nur in seinem Leben hat er mich geküsst. Aber jetzt kann ich mir nicht verzeihen, dass ich ihn nicht so geliebt habe, wie er es sich gewünscht hat.«

Sie sah mich noch immer an, dann griff sie hinter sich nach etwas zum Festhalten, die Vase mit dem Hulst kippte und zersprang an einer Metallhantel. Lientje stützte sich auf den Tisch und fasste dabei in eine Scherbe, ihre Hand blutete, aber sie merkte es nicht, sie sagte: »Ich bin zu brav gewesen, ich wollte aus Mitleid mit dir brav sein, ich dachte, dass du ihn liebst. Aber du liebst nur dich selber, jetzt sehe ich zum ersten Mal, wie du bist, ich habe es nie geglaubt – ich habe Hannes nicht glauben wollen.«

Dann sank sie über dem Diwan zusammen, sie hat geschluchzt und gerufen – und mit Hannes geredet. Sie lag mit dem Gesicht auf seinem weißen Pullover und gab ihm Kosenamen, wie ich sie nie gekannt hatte; sie klagte, dass sie ihn nicht hätte weglassen dürfen. Ich hörte sie mit ihm reden, sie sagte: »Oh, mein armer Liebster, mein armer lieber Junge.«

Jedes ihrer Worte sagte mir, dass Hannes mir genommen worden war, dass ich ihn bis in alle Ewigkeit verloren hatte; schließlich hatte ich genug gehört, um allmählich etwas zu begreifen. Zu begreifen, dass ich keine Zukunft mehr hatte, nicht einmal nach meinem Tod, ich war allein und verlassen – so armselig hatte ich mich noch nie gefühlt.

Sie müssen mir glauben – es wäre auf keinen Fall passiert, wenn ich nicht den Stock in der Hand gehabt hätte –, wenn ich erst in den Flur hätte laufen müssen, wäre ganz gewiss nichts passiert. Ich war nicht einmal mehr aufgebracht oder wütend, dafür gab es keinen Grund, jeder würde fortan tun, was er wollte. Aber da war etwas, das *ich* tun musste, nur kam ich nicht darauf, was, ich war auch gar nicht neugierig darauf, ich dachte nur: Nachher fällt es mir wieder ein.

Ich stand da und konnte einfach nicht fassen, dass man so einsam auf der Welt sein kann. Sie müssen sich vorstellen, dass mir an einem einzigen Abend alles genommen worden war – ich hatte Hannes nicht mehr, denn die Träume waren Schäume gewesen, und auch Lientje hatte ich für immer verloren. Es gab niemanden mehr, der mich noch hätte lieben können – Lientje hatte selber gesagt, dass sie jetzt sehen würde, wie ich bin. Ich spielte ein wenig mit dem Stock herum – dabei hatte ich immer wieder den nagenden Gedanken, etwas tun zu müssen, aber ich kam nicht darauf, was.

Sie müssen mir glauben – wenn mein Blick nicht auf Lientjes schöne blonde Haare gefallen wäre, dann wäre nichts passiert, wenn sie mich nur ein einziges Mal so angeschaut hätte wie sonst, dann wären mir vielleicht die Tränen gekommen, dann wäre alles anders gewesen – die ganze Welt wäre anders geworden. Aber sie schaute mich nicht an, sie lag vor dem Diwan auf den Knien, die blonden Haare über Hannes' Pullover gebreitet, ich betrachtete die weichen Locken, noch kein einziges graues Haar war darin – und *ich* musste meine Haare schon färben.

Da dachte ich: Kein Wunder, dass er sie auch

nach seinem Tod noch liebt. Im nächsten Moment begriff ich, dass das Unsinn war, aber es machte keinen Unterschied, der Unsinn schmerzte mich.

Es irritierte mich derart, dass ihr Kopf auf Hannes' Pullover lag – ich wusste, wie er roch und sich anfühlte, früher hatte ich oft den Kopf daran geschmiegt. Ich berührte Lientje an der Schulter und hoffte, sie würde mich anschauen, aber sie tat es nicht, sie drückte das Gesicht weiter auf den Pullover.

Da erst merkte ich, dass ich den Stock mit dem Bleiknauf nach unten in der Hand hatte.

Wieder spielte ich ein wenig damit herum, der Knauf wippte hin und her, wenn ich das Rohr bewegte, es war ein Spiel, und währenddessen hing mein Blick an Lientjes blondem Kopf auf der weißen Wolle.

Plötzlich zuckte etwas in meiner Erinnerung auf – ich dachte an Hannes' Hände und wie sie am Abend seiner Abreise an Lientjes Kopf gelegen hatten, auf ihrem schönen weichen Haar, und ich sah wieder vor mir, wie er seine Wange ganz behutsam an ihre Stirn gelegt hatte.

Da flammte wieder der fürchterliche Schmerz in mir auf, der mich nach Hause getrieben hatte, ein unerträglicher Schmerz – nicht einmal Brandblasen am ganzen Körper können so grässlich weh tun –

das kann man keinem Menschen beschreiben. In mir brannte der Schmerz, hinter den Augen und im Herzen.

Ich griff nach dem Pullover, um ihn unter Lientjes Kopf vorzuziehen, ich wollte selber meine geschlossenen Augen an den weichen Wollpullover legen, den mein Mann am Körper getragen hatte.

Aber Lientje hielt ihn mit beiden Händen fest und drückte das Gesicht noch fester hinein.

Da habe ich sie ans Knie getreten, damit sie aufstand, aber das merkte sie nicht einmal – sie legte die Arme so auf den Pullover, dass ich nicht mehr herankam. Und da habe ich sie totgeschlagen.

Einfach so. Totgeschlagen. Ich habe es getan, und ich weiß auch, wie, ich spüre den Schwung des Stocks noch im Arm – manchmal stehe ich vom Bett auf und hole mit dem rechten Arm nach vorn aus, genau wie an dem Abend. Glauben Sie nur nicht, ich wäre nicht bei Sinnen gewesen – der Anwalt und der Arzt sollen ruhig reden –, ich wusste genau, was ich tat, auch wenn mir eiskalt vor Wut war. Ich wollte den Kopf auf dem Pullover kaputtschlagen, das wollte ich – ihn kaputtschlagen!

Ich ahnte natürlich nicht, wie es sein würde, wenn ich erst einmal zugeschlagen hatte – ich habe nur gesehen, wie ich den Schlag führte, auf Lientjes Kopf über dem Pullover. Es hat mich gewundert, dass der Knauf nicht zurückschnellte, sondern hängen blieb, und dass der Pullover auf einmal blutrot wurde, es war absolut widerlich, den Knauf aus dem Gewirr von Haaren und Schädelsplittern zu lösen, meine Finger wurden dabei ganz klebrig.

Für mich war das Ganze nur eine widerliche und unappetitliche Angelegenheit – ich weiß noch, dass ich mehrmals frisches Wasser in einer Schüssel holte, um den Kopf abzuwaschen, und ich legte immer wieder andere Sachen darunter, die noch keine Blutflecken hatten. Ich habe alles aus Hannes' Schrank gerissen, was da war – Taschentücher und Oberhemden und einen grauen Seidenschal. Immer wieder habe ich den Kopf hochgehoben, um ihn auf saubere Leibwäsche von Hannes zu legen, die sogleich wieder Flecken bekam – die Wunde blutete zwar nicht mehr, aber an den Haaren klebte noch Blut, jedes Mal, wenn ich glaubte, alles abgewaschen zu haben, entdeckte ich eine neue rote Stelle.

Aber endlich war es doch geschafft – da ist mir klar geworden, dass der Kopf zu Lientjes Körper gehörte –, und ich habe sie, schwer wie sie war, ganz auf den Diwan gehoben und mit Hannes' Plaid zugedeckt.

Dann sah ich, dass alle Türen offen standen und dass überall Licht brannte, erst daran habe ich gemerkt, dass etwas Ungewöhnliches passiert war. Ich weiß noch, dass ich die Türen geschlossen und alle Lichtschalter gedrückt habe, jedes Mal ging eine andere Lampe aus, das war angenehm – als es in der Wohnung vollkommen dunkel war, habe ich aufgeseufzt – ich dachte: So, jetzt ist die Komödie vorbei.

Seltsam – ich hatte wirklich das Gefühl, im Theater gewesen zu sein, es verschaffte mir Zufriedenheit, dass alles geendet hatte, wie es sollte. Ich bin aus dem Haus gegangen, wie man ein Theater verlässt, wenn das Stück aus ist – ich hatte dort nichts mehr verloren.

Dann bin ich durch die Nacht gelaufen, sehr lange, ich weiß nicht mehr, wo ich überall war, das brauchte ich auch nicht zu wissen – in mir war noch immer eine solche Ruhe, dass ich nichts zu wissen brauchte. Ich bin durch lange Straßen gegangen, und an einer Gracht hat der Mond aufs Wasser geschienen, das habe ich mir eine ganze Weile angesehen.

Als es dann Morgen wurde und gerade die Sonne aufging, wurde an einem Haus oben ein Fenster aufgeschoben, und ein blonder Junge in einer Hemdhose schaute heraus, ein niedlicher blonder Lockenkopf, wahrscheinlich noch keine drei Jahre alt. Er streckte seine molligen Ärmchen aus und legte ein Häufchen Brotrinden für die Vögel auf den Sims – er hielt sein Mündchen durch den Fensterspalt und rief mit hoher Stimme: »Piiiep! Piiiep!«

Dann sah ich, dass Schnee auf dem Sims lag. Und mit einem Mal wusste ich, dass es die Welt noch gab und dass ich meine Schwester tatsächlich totgeschlagen hatte.

Ich habe mich in den Hauseingang gesetzt, dessen blaue Fliesen vorn verschneit waren, aber weil Leute kamen, bin ich wieder aufgestanden und weitergegangen. Wenn ich ein längeres Stück gelaufen war, habe ich mich ein Weilchen hingesetzt, aber jedes Mal kamen Leute, und ich musste aufstehen. So bin ich den ganzen Tag gegangen, er war nicht sehr lang, weil ja Winter war – ich verstand gar nicht, warum es noch nicht dunkel werden wollte. Endlich wurde es doch dunkel, aber weil die Straßenlaternen angingen, bin ich so weit gelaufen, bis keine mehr da waren, über den Stadtrand hinaus.

Dort habe ich mich auf einen zugeschneiten Sandhaufen gesetzt. Und plötzlich stand ein Polizist mit seiner Taschenlampe vor mir. Der sagte: »Na, gute Frau, was ist denn los?«

Da war ich froh, dass der Polizist mich gefunden hatte, genau das hatte noch passieren müssen, ich habe ihn gebeten, mit mir nach Hause zu kommen, um nach Lientje zu sehen.

Und das ist alles.

Schwester, was machen Sie? Weinen Sie? Wegen mir?

Schön ist das, eine Träne, die wegen eines anderen über Ihre Wange läuft. Schauen Sie – ich fange sie mit dem Finger auf.

Wegen anderer Menschen weinen tut natürlich nicht weh ...

Die Tränen, die ich vergossen habe, taten alle weh – ich habe sie auch nur wegen mir geweint. Aber viel schlimmer brannten die Tränen, die ich nicht weinen konnte, weil sie hinter meinen Augen stecken blieben. Hier bei euch hat mich dieser Schmerz fast verrückt gemacht – ich konnte ja nicht einmal mehr wegen mir weinen, weil ich ganz und gar fort und verloren war.

Ja. Vater hat es gesagt. Der Gottlosen Weg vergeht.

Seltsam, und das kann mich noch immer nicht schrecken – Gott selber hat mich zu einer Gottlosen gemacht, er hat mich fragen lassen und keine Antwort gegeben. Jetzt bin ich zu müde, um noch weiter zu fragen. Und Wunder erwarte ich auch nicht mehr – Gott tut keine Wunder, er hat mich nicht einmal wegen Lientje eine Träne vergießen lassen.

Schwester! Was machen Sie jetzt? Beten Sie? Für mich?

Nachwort
Marianne Philips (1886–1951)
»Ein ganz eigenes Talent«

Vom Aktivismus zum Schreiben

Im Jahr 1919 fanden in den Niederlanden Kommunalwahlen statt, bei denen Frauen erstmals nicht nur ihre Stimme abgeben, sondern auch gewählt werden konnten. Meine Großmutter Marianne Philips, Mitglied der *Sociaal-Democratische Arbeiderspartij* (SDAP), stellte sich (damals hochschwanger mit ihrem dritten Kind) für den Gemeinderat in ihrem Wohnort Bussum zur Wahl, als Dritte auf der Liste. Sie wurde gewählt und vereidigt. Aber die Versorgung des Säuglings und ihre Amtstätigkeit ließen sich letztendlich nicht vereinbaren: Nach eineinhalb Jahren trat sie zurück.

Marianne Philips stammte aus einer wohlsituierten mittelständischen Familie. Geboren wurde sie in einem Grachtenhaus am Amsterdamer Kloveniersburgwal, in dem sich auch das Kurzwarengeschäft ihres Vaters befand. Er starb jedoch, noch ehe sie zwei Jahre alt war, und der neue Ehemann ihrer Mutter war nicht in der Lage, das gut eingeführte Geschäft zu halten. Die Familie verarmte zusehends. Mit vierzehn Jahren verlor Marianne Philips auch ihre Mutter, die im Wochenbett starb. Damit war sie nicht nur Waise, sondern als Mädchen auch für ihre jüngere Halbschwester und das Baby verantwortlich. Sie zogen in ein Arbeiterhaus im Stadtteil Watergraafsmeer. Statt weiterhin die Höhere Bürgerschule zu besuchen, versorgte Marianne Philips nun den Haushalt, kümmerte sich um die Geschwister und half in der Schneiderwerkstatt ihres Stiefvaters beim Schürzennähen. Ohne Ausbildung und Zukunftsaussichten fühlte sie sich einsam und todunglücklich. Sie war jedoch intelligent, perfektionistisch und bereit, hart zu arbeiten. Ihr wurde klar, dass sie ihr Leben selbst in die Hand nehmen musste. Mit achtzehn verließ sie die Stieffamilie und zog zu ihrer verheirateten älteren Schwester Sara Philips nach Haarlem. Dort begann ihre Zukunft. Zunächst bildete sie sich autodidaktisch fort, um den Stoff der verlorenen Schuljahre nachzuholen.

Ohne höheren Schulabschluss trat sie 1906 im Alter von zwanzig Jahren in die Firma I. J. Asscher ein, Vorläufer der heutigen *Koninklijke Asscher Diamant Maatschappij*. Bei der Büroarbeit profitierte sie von den Fremdsprachenkenntnissen, die sie sich angeeignet hatte. Sie wurde Mitglied der Gewerkschaft *Algemene Nederlandse Bond van Handels- en Kantoorbedienden,* zu deren Gründern ihr späterer Mann Sam Goudeket zählte. Im Jahr 1909 schloss sie sich der *Sociaal-Democratische Arbeiderspartij* an. Das von Armut und Perspektivlosigkeit geprägte Leben der Arbeiter kannte sie aus eigener Anschauung, und sie wollte als moderne berufstätige Frau einen Beitrag zu dessen Verbesserung leisten. So wurde aus ihr eine leidenschaftliche Aktivistin; sie hielt im ganzen Land Vorträge und zog schließlich 1919 als eine der ersten Frauen in einen niederländischen Gemeinderat ein. Von 1927 bis 1928 war sie erneut Gemeinderätin.

Im Frühjahr 1927 sollte sie in Maastricht einen politischen Vortrag halten. Nach der langen Zugfahrt vertrat sie sich in der Stadt die Beine. Danach kehrte sie ins Hotel zurück und begann zu schreiben. Was sie zu Papier brachte, waren aber keine Notizen für ihren Vortrag über die großen sozialen Probleme der Zeit und die desolate Lage der Armen – insbesondere der Frauen und Kinder – und auch kein Plädoyer für den Weltfrieden. Nein, sie schrieb über das, was sie bei ihrem Gang durch die Stadt auf Plätzen und in Kirchen gesehen hatte und über das, was sich in ihr abspielte. So entdeckte sie im Alter von vierzig Jahren die Schriftstellerin in sich.

Nachdem sie sich fast zwanzig Jahre politisch engagiert und nebenher den Haushalt geführt und ihre drei Kinder erzogen hatte, bekam sie körperliche Beschwerden und fühlte sich so krank, dass sie glaubte, sterben zu müssen. Die Ärzte aber waren überzeugt, dass ihre Beschwerden keine körperliche, sondern eine seelische Ursache hatten, und rieten zu einer Psychoanalyse. Von 1928 bis 1931 war sie bei Dr. J. H. van der Hoop in Behandlung, einem außergewöhnlichen Psychiater, der sich sowohl an Freud wie auch an Jung orientierte und ein starkes Interesse an kreativen Prozessen hatte. 1931 begleitete sie ihn sogar für fast drei Monate nach Wien, wo er eine Fortbildung machte. Mit seiner Unterstützung ging sie ihren psychischen Wiederholungszwängen und aus dem Unbewussten herrührenden Gefühlen von Angst, Scham, Schuld und Unsicherheit auf den Grund. Van der Hoop ermutigte sie außerdem zum Schreiben. So entstanden in den Jahren, die sie bei ihm in Behandlung war, die beiden Werke *De wonderbare genezing (Die wunderbare Heilung)* (1929) und *Die Beichte einer Nacht* (1930).

Für beide Bücher wählte sie die Form des Monologs. *Die Beichte einer Nacht* handelt von einer

Frau, die sich zur Beobachtung in einer psychiatrischen Klinik befindet. Sie erzählt der schweigsamen Nachtschwester ihre Lebensgeschichte, die mit dem Mord an ihrer wesentlich jüngeren Schwester endet. Lange Nächte in einer Klinik waren Marianne Philips vertraut, denn sie hatte 1913 nach der Geburt ihrer ältesten Tochter – meiner Mutter – sechs Monate mit einer Wochenbettpsychose in der Amsterdamer Valeriusklinik gelegen. Der Roman enthält noch weitere biographische Elemente: die Jahre in Armut in Watergraafsmeer, die Arbeit in der Schneiderwerkstatt, das Leben als junge berufstätige Frau in einem schäbigen Mietzimmer, das luxuriöse Ambiente der Firma Asscher und die mit alldem verbundenen Ängste, Träume und Phantasien.

Die schriftstellerische Arbeit

Um 1930 war es noch nicht üblich, dass komplexe psychische Prozesse in Romanen thematisiert wurden, schon gar nicht von Frauen. Darum war *Die Beichte einer Nacht* ein ungewöhnliches Buch jenseits der damaligen Traditionen und Trends. Dementsprechend gemischt fielen die Rezensionen aus; einige Kritiker lehnten das Buch komplett ab, andere schätzten es seiner Wahrhaftigkeit und Sensibilität wegen.

Im *Algemeen Handelsblad* vom 2. Mai 1930 attestierte A. R.-V. (Annie Romein-Verschoor) Marianne Philips »eine sehr individuelle Neigung zum leicht gekünstelten autobiographischen Erzählen«. Im Anschluss ging sie auf die Fußangeln und Fallen einer so prägnanten Form wie der des Monologs ein, und sie schloss ihre Besprechung mit den Worten: »Marianne Philips gehört, auch wenn ihre künftigen Werke uns noch die Grenzen ihres Talents zeigen werden, auf jeden Fall zu den ›mit dem Helm Geborenen‹. Sie hat das seltene zweite Gesicht einer veritablen Menschenkennerin und -versteherin, das alle wahren Erzähler auszeichnet, ob man sie nun Romantiker, Realisten, Klassiker oder was auch immer nennt. [...] Ja, ich sage es gern noch einmal: Marianne Philips hat ein gutes Buch geschrieben, sie ist eine Romancière.«

Auch ein anonymer Rezensent äußerte sich in der *Haagsche Courant* vom 20. April 1931 positiv. In seiner Besprechung der beiden Bücher *De wonderbare genezing* und *Die Beichte einer Nacht* stand zu lesen: »Das Verdienstvolle an den vorliegenden Werken ist ihr Ton und damit ihre Lauterkeit. Stark subjektiv-psychologisch geprägt, sind sie weder großartig komponiert noch stringent konstruiert, zeugen aber von großer Zugewandtheit. Und darum sind sie mir lieb.«

Aus Marianne Philips' politischem Umfeld hingegen kamen ganz andere Reaktionen. Schon Ende 1930 wurde *Die Beichte einer Nacht* erwartungsvoll, aber ohne weiteren Kommentar in der Zeitschrift *De Proletarische Vrouw, blad voor arbeidsters en arbeidersvrouwen* erwähnt, am 9. April 1931 erschien dann aber eine vernichtende Kritik von A. M. de Jong in *Het Volk, dagblad voor de arbeiderspartij*. So erfolgreich Marianne Philips in ihrem politischen Wirken war, so wenig wusste ihre Partei sie als Schriftstellerin zu würdigen.

Das wandelte sich jedoch mit der Zeit. 1935 erschien in *De Socialistische Gids, maandschrift der Sociaal-Democratische Arbeiderspartij* ein zehnseitiger Artikel von H. G. Cannegieter über die Schriftstellerin und ihre bislang publizierten Werke. Zu dem Roman *Die Beichte einer Nacht* äußerte Cannegieter sich folgendermaßen: »Grenzenlose Ehrfurcht vor den vielfältigen Ausprägungen des Lebens – es nicht verändern, nicht beurteilen, vielleicht nicht einmal verstehen wollen, nicht von sich selbst erfüllt sein, sondern offen für alles andere und es mitfühlend und liebevoll aufgreifen, die Dinge und den einzelnen Menschen aufmerksam wahrnehmen, sich ihnen behutsam nähern und nach dem Reichtum an versteckten Möglichkeiten eines jeden fragen – das, so dünkt mich, ist das Geheimnis des ganz eigenen Talents der Marianne Philips.«

Auch der Dichter und Literaturkritiker Jan Greshoff zeigte sich in der *Arnhemse Courant* vom 19. Januar 1935 nach Erscheinen des Romans *Hochzeit in Europa (Bruiloft in Europa)* durchaus beeindruckt. In seinem langen Beitrag kritisierte er die Autorin zwar scharf, zollte ihr aber auch Lob: »Schätzenswert an diesem Buch *[Die Beichte einer Nacht]* ist vor allem die absolute Ehrlichkeit, mit der Marianne Philips uns, neben ihrer Begabung, auch ihre Fehler und Unzulänglichkeiten offenbart. Ihr kommt es überhaupt nicht in den Sinn, uns Sand in die Augen zu streuen. Ohne je ihre Fähigkeiten herauszustellen, hat sie doch genug Selbstbewusstsein, sich ohne Scham und frohgemut stets als diejenige zu zeigen, die sie nun einmal ist, samt allen Schwächen und Unvollkommenheiten – genau daran erkennt man untrüglich die echte Künstlernatur [...] Mit dem Roman *Die Beichte einer Nacht,* der etliche absolut gelungene Passagen enthält, löste Marianne Philips sich aus dem Heer der schreibenden Damen und erhob sich schwungvoll weit über die Boudier-Bakkers, Ammers-Küllers, Lokhorsts, Ijssel de Scheppers und wie sie sonst noch heißen mögen. Dennoch ist *Die Beichte einer Nacht* nicht als vollkommen makelloses Werk zu betrachten, weist es doch die gleichen Mängel auf wie *De wonderbare genezing*, namentlich das Unvermögen, einen harmonischen Aufbau zu schaffen, sowie einen schmerzhaften Mangel an Sinn für das rechte Maß.«

Jan Greshoff und seinen Kritikerkollegen fiel *Die Beichte einer Nacht* auf, weil das Buch sich von den herkömmlichen »Damenromanen« unterscheidet. Es hat mehr Tiefe und stellt nicht nur die oberflächlichen Aspekte des Frauenlebens in den Vordergrund. Greshoff wusste allerdings nicht (und konnte auch nicht wissen), dass der Roman gewissermaßen Teil von Marianne Philips' Therapie war und von ihrem Wunsch zeugt, sich selbst kennenzulernen, auch wenn das eine Auseinandersetzung mit den dunkelsten Seiten ihrer Seele erforderte.

Obwohl ihr Schaffen sowohl von der Kritik wie auch von der Leserschaft ambivalent aufgenommen wurde, publizierte sie bis Ende 1940 insgesamt sechs Romane und etliche Novellen, außerdem übersetzte sie Aldous Huxleys *Geblendet in Gaza*. 1938 gehörte sie zu den drei VerfasserInnen des *Boekenweekgeschenk*,[1] betitelt mit *Drie novellen (Drei Novellen)*. Ihre Bücher entstanden nicht in-

---

1 Die *Boekenweek* findet in den Niederlanden seit 1932 jährlich im März statt und wirbt während einer Woche für das niederländischsprachige Buch.

mitten des bunten Treibens in ihrem großen Haus, sondern in einer »Schreibklause« in einer ruhigen Bussumer Seitenstraße, wo sie niemanden empfing. Das Schreiben war für sie etwas sehr Persönliches, ein Prozess, bei dem ihr – aufgrund ihrer Vergangenheit verschlossenes – Wesen ungehindert Ausdruck fand und der es ihr erlaubte, fernab der familiären Verpflichtungen für eine Weile ganz in ihrer Arbeit aufzugehen. Schlechte Kritiken nahm sie sich zu Herzen, für gute bedankte sie sich mit handgeschriebenen Briefen. Sie blieb einerseits zurückhaltend und bescheiden, bewegte sich andererseits aber auch gern in literarischen Kreisen. So selbstsicher sie sich als politische Aktivistin fühlte, so unsicher war sie, was ihre Stellung in der niederländischen Literatur als Spätberufene ohne Ausbildung betraf.

Ihr letzter Roman *De doolhof (Der Irrgarten)* entstand in großer Eile. Sie hatte vor Ausbruch des Zweiten Weltkriegs damit begonnen und reichte das Manuskript schon im Oktober 1940 beim Verlag ein – kurz bevor »Ariernachweise« erbracht werden mussten. Das Buch konnte noch erscheinen, auch wenn die Jagd auf die Juden bereits eröffnet war. Für Marianne Philips, die wie viele SozialdemokratInnen keine besonderen Bindungen mehr ans Judentum hatte, war das ein harter Schlag. Im

Juli 1940 wurde sie noch in die *Maatschappij der Nederlandse Letterkunde* (MdNL) aufgenommen, ein Jahr später waren Vereinsmitgliedschaften für Juden bereits nicht mehr möglich, und sie war gezwungen, wieder auszutreten.

Marianne Philips überlebte den Krieg, allerdings unheilbar krank: eine vernachlässigte rheumatische Arthritis. Dennoch hat sie weiterhin übersetzt und geschrieben, unter anderem die Erzählung *De zaak Beukenoot (Der Fall Beukenoot)*, das *Boekenweekgeschenk* des Jahres 1950. Sie starb am 13. Mai 1951.

Sie wäre stolz gewesen, hätte sie gewusst, dass man ihrer bei der Jahresversammlung der MdNL am 20. Juni 1951 gedachte: »Mit Marianne Philips hat unser Land eine Romanschriftstellerin verloren, die, ohne zu den Größten zu gehören, durch ihre warme Menschenliebe und scharfe Beobachtung zu faszinieren wusste – Elemente, die insbesondere ihre Werke *Hochzeit in Europa* und *Henri van de overkant (Henri von gegenüber)* kennzeichnen.«

Bei diesen beiden Büchern handelt es sich um traditionell erzählte Romane; jene, die ihr Werk schätzten, fanden sie jedoch weniger interessant, weil ihnen die Lauterkeit und Originalität von *Die Beichte einer Nacht* abgingen. So schrieb ein Rezensent des *Telegraaf* 1936 über *Henri van de overkant*: »Man liest auch dieses Buch aufmerksamer als viele andere, aber zugleich mit der Befürchtung, dass die Verfasserin im Bestreben, eine niederländische Romanschriftstellerin zu werden, den breiten Weg gewählt hat. Hoffentlich ist noch Zeit, sie zu bitten, doch lieber Marianne Philips zu bleiben ...«

Meine Großmutter war damals eine schwer zugängliche Autorin, ihr Schaffen wurde bewundert und geschmäht, mitunter von denselben Lesern ihrer verschiedenen Bücher. Manch einer empfand vor allem *Die Beichte einer Nacht* als ungewöhnlich, konnte aber den Grund dafür nicht benennen. Anders als um 1930 ist in der gegenwärtigen Literatur die Erkundung der Psyche bis in die letzten beängstigenden Winkel keine Seltenheit mehr, und der Roman *Die Beichte einer Nacht* ist heute, gut neunzig Jahre nach seinem ersten Erscheinen, noch immer modern. Marianne Philips war ihrer Zeit voraus und kann nach wie vor als interessante Autorin gelten.

Judith Belinfante[2]
Amsterdam, Januar 2019

2 Judith C. E. Belinfante, Enkelin von Marianne Philips, studierte Moderne Geschichte an der Universität von Amsterdam. Von 1976 bis 1998 leitete sie als Direktorin das Jüdische Historische Museum in Amsterdam. Nach ihrer anschließenden Zeit als Parlamentsabgeordnete war sie von 2003 bis 2008 leitende Kuratorin der Sondersammlungen der Universitätsbibliothek Amsterdam. Den Vorsitz der Charlotte-Salomon-Stiftung hatte sie von 2002 bis 2017 inne.

**Jessica
Durlacher**
Die Stimme

Roman · Diogenes

Roman
Aus dem Niederländischen von Annelie Bogener
496 Seiten
Auch erhältlich als eBook und Hörbuch-Download

Eine Somalierin wird Nanny in Zeldas Familie
und entpuppt sich als phänomenale Sängerin. Ihr
Name ist Amal. Zelda meldet sie bei der Talent-
show ›Die Stimme‹ an. Nach einem glanzvollen
Auftritt nimmt Amal vor laufender Kamera ihr
Kopftuch ab. Dieser Akt der Befreiung hat Fol-
gen. Zeldas Familie will Amal beschützen und
gerät damit in einen Konflikt, der ihre Welt aus
den Angeln hebt.

Connie Palmen
Du sagst es

Roman · Diogenes

Roman
Aus dem Niederländischen von Hanni Ehlers
288 Seiten
Auch erhältlich als eBook

Sylvia Plath und Ted Hughes sind das berühm-
teste Liebespaar der modernen Literatur – und
das tragischste: Denn nach Sylvias Suizid im Jahr
1963 galt sie als Märtyrerin, hingegen ihr Mann
als Verräter - eine Schuldzuweisung, zu der er
sich zeitlebens nie äußerte. In dieser fiktiven
Autobiographie bricht er sein Schweigen. Palmen
lässt ihn auf seine leidenschaftliche Ehe zurück-
blicken und eine Liebe neu beschreiben.

Connie
Palmen
*Logbuch eines
unbarmherzigen
Jahres*

Diogenes

Aus dem Niederländischen von Hanni Ehlers
304 Seiten
Auch erhältlich als eBook

Die Schriftstellerin Connie Palmen und den
Staatsmann Hans van Mierlo verband eine späte
symbiotische Liebe. In diesem Buch beschreibt
sie, mit vielen Rückblenden in die Zeit ihres Zu-
sammenseins, seine Erkrankung, seinen Tod und
ihren Umgang mit Trauer und Verzweiflung. Be-
wegende Notizen gegen das Vergessen.

Connie
Palmen
Ganz der Ihre

Roman · Diogenes

Roman
Aus dem Niederländischen von Hanni Ehlers
432 Seiten

›Ganz der Ihre‹ – und doch keiner gehörend.
Fünf Frauen, die in Mons Leben eine Rolle spielten, erzählen von ihren Erfahrungen mit diesem
notorischen Don Juan, tragisch Verstoßenen und
begnadeten Verfasser süchtig machender Kolum-
nen. Ihre Berichte ergänzen sich zu einer fiktiven
Romanbiographie, die nicht nur ein Individuum
im Blick hat, sondern eine Gesellschaft.

Auf **diogenes.ch/newsletter** erfahren Sie zuerst
von Neuerscheinungen und Neuigkeiten unserer
Autorinnen und Autoren.

Oder schauen Sie hier vorbei: